NANI

HUMOR 100% SEXUAL

DESIDERATA

Copyright © desta edição 2007: Desiderata

CONSULTOR DE HUMOR

Jaguar

EDITORA
Martha Mamede Batalha
COORDENAÇÃO EDITORIAL
S. Lobo
Gustal
PRODUÇÃO EDITORIAL
Danielle Alves Freddo
ASSISTENTE DE PRODUÇÃO
Camila Bicudo
CAPA E PROJETO GRÁFICO
Odyr Bernardi
DIAGRAMAÇÃO
Jan-Felipe Beer
S. Lobo
REVISÃO
Danielle Alves Freddo
Camila Bicudo
TRATAMENTO DE IMAGEM E FECHAMENTO
Vitor Manes

EDITORA DESIDERATA
Av. N. Sra. de Copacabana, 928 / 402 – Copacabana – RJ – CEP: 22060-002
Telefax: (21) 3208-3919 www.editoradesiderata.com.br

CIP-BRASIL. CATALOGAÇÃO-NA-FONTE
SINDICATO NACIONAL DOS EDITORES DE LIVRO, RJ

N169h

Nani, 1951-
   Humor 100% sexual / Nani. - Rio de Janeiro : Desiderata, 2007.
      principalmente il.

Textos em quadrinhos
ISBN 978-85-99070-29-1

   1. Comportamento sexual - Caricaturas e desenhos humorísticos. 2. Caricaturas e desenhos humorísticos. I. Título.

07-0367.   CDD: 741.5
                   CDU: 741.5

02.02.07 06.02.07   000324

MADONNA

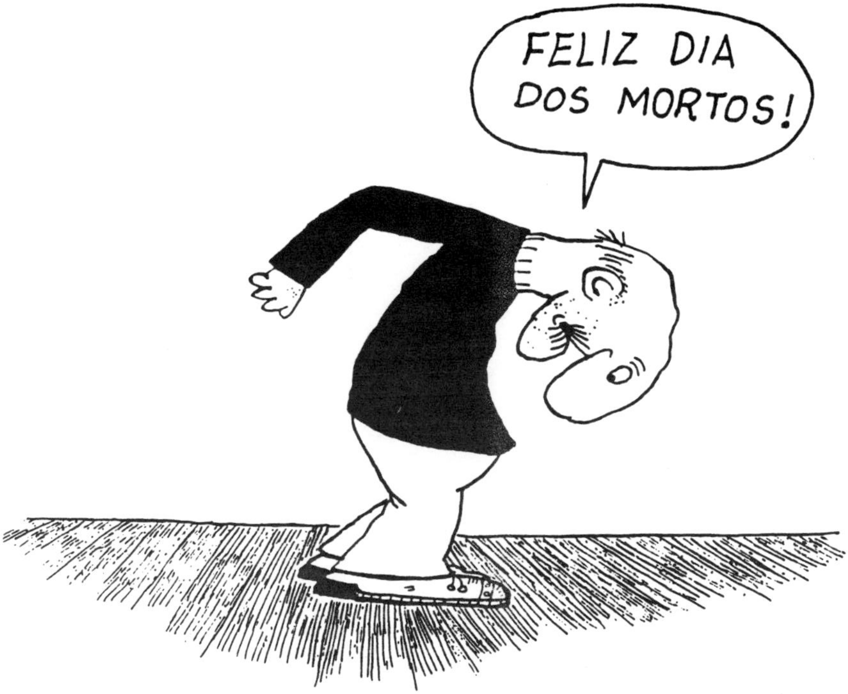
FELIZ DIA
DOS MORTOS!

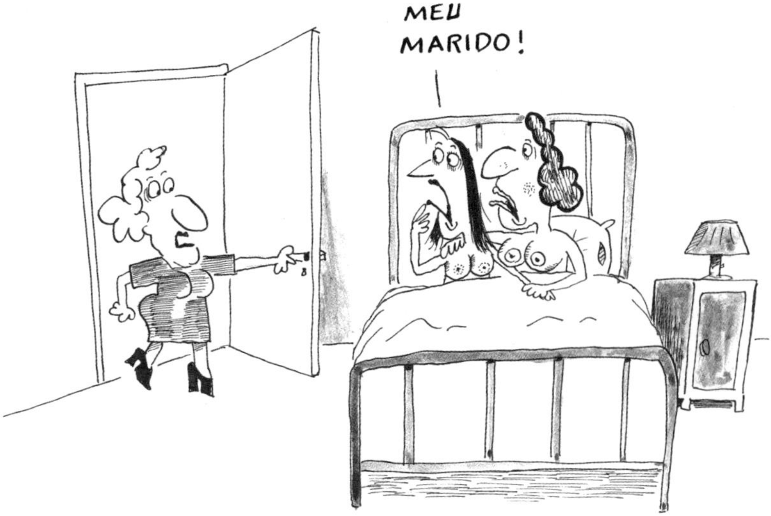
MEU
MARIDO!

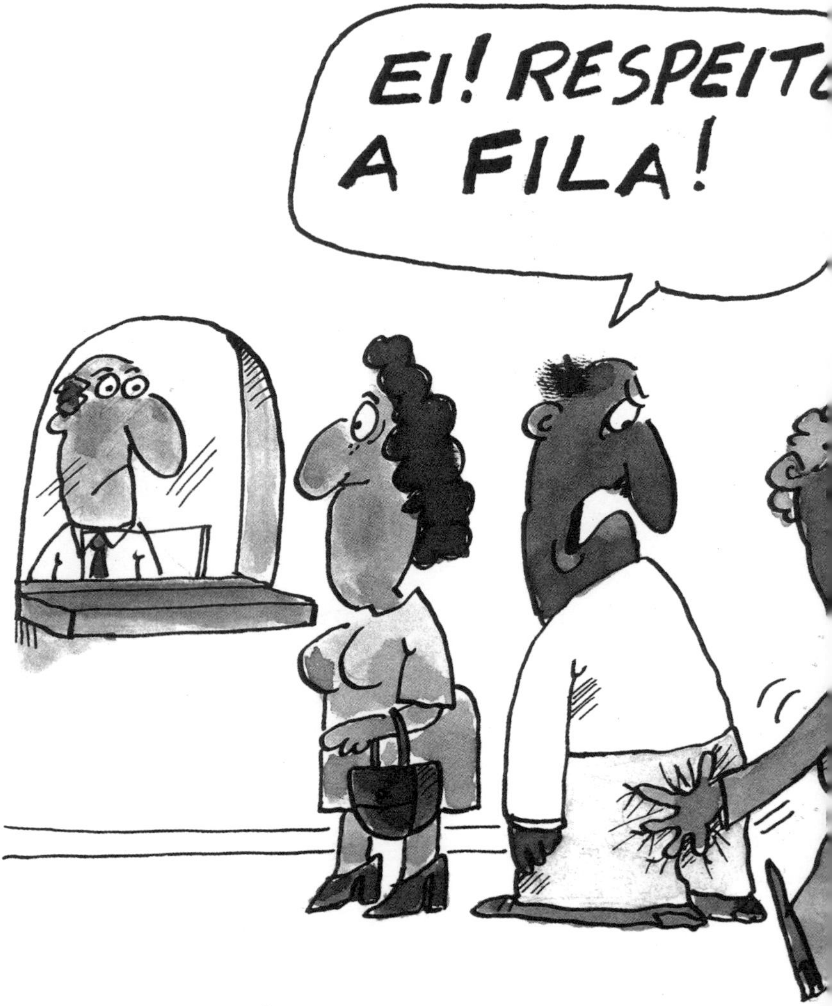
EI! RESPEITE
A FILA!

7

NÃO ME DIGA QUE VOCÊ NUNCA OUVIU FALAR NO REI DE PAUS!

EU FUI PEIXE-ESPADA AGORA SOU OPERADA.

ATE' TU, BRUTUS?
EU SOU ESPADA!

MANCHA DE BATOM NA CUECA

Laura, quando pegava a roupa suja no cesto, encontrou uma cueca do marido manchada de batom. Há uma lei universal não-escrita que decreta que, para isso, não há no mundo desculpa cabível. Confrontado com a cueca que Laura esfregava em seu rosto, Altamir, com firmeza na voz (nessas horas não se pode titubear), disse:

– Laura, antes de brigar, pedir divórcio e o escambau, me escute. Eu tenho três versões para justificar essa mancha de batom na minha cueca. Você escolhe uma.

Laura apertou os lábios, cruzou os braços e ficou batendo o pé direito ritmado, mostrando impaciência e desdém; era a sua posição de escutar as desculpas do marido. Altamir respirou fundo e falou num tom didático:

– Um: você viajou no fim de semana e eu finalmente consegui um "sim" da vizinha do 404. Ela estava tão afoita que, ao ir com muita sede ao pote, sujou a minha cueca.

– Dois: eu aproveitei o fim de semana que você não estava e saí do armário. Peguei suas roupas e sua maquiagem, troquei de roupa no carro e fui a uma boate *gay*. Quando voltei, para o porteiro não notar nada de estranho, ao entrar na garagem, limpei a boca com a cueca, que ficou marcada com o batom.

– Três: nesse fim de semana em que você viajou, sua mãe esteve aqui em casa para buscar o Júnior. Como a velha me detesta – mesmo sabendo que se nos separarmos quem vai sair perdendo financeiramente é você –, a minha maquiavélica sogra entrou no banheiro e, para infernizar minha vida, pegou a cueca no cesto e manchou-a de batom.

Laura ficou em silêncio. Altamir deu um tempo para ela processar as informações e perguntou:

– E então?

Laura fez um *tsk* com a boca, abriu os braços e respondeu:

– Vou ligar pra minha mãe e dizer pra ela nunca mais botar os pés aqui na nossa casa.

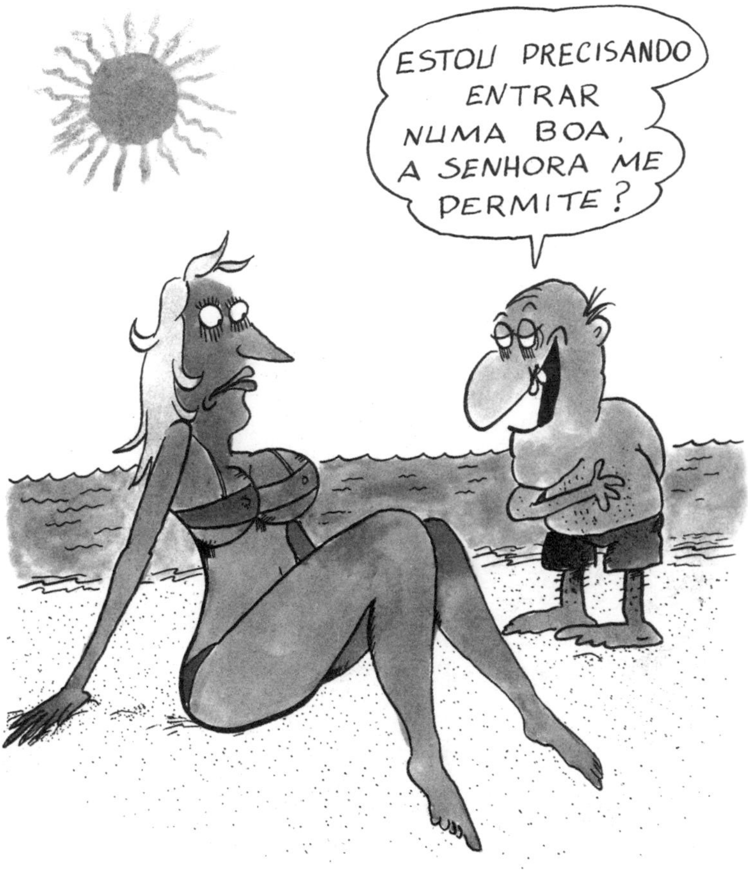
ESTOU PRECISANDO ENTRAR NUMA BOA, A SENHORA ME PERMITE?

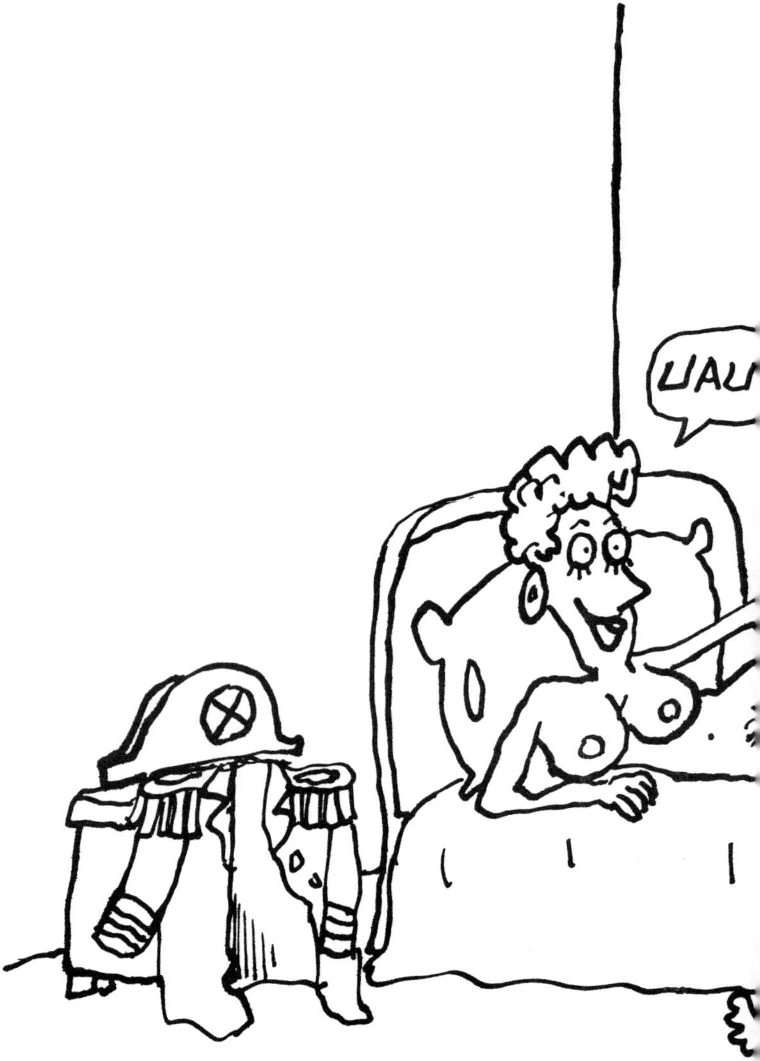
UAU

AÍ, QUANDO CHEGAR ÀS MARGENS DO IPIRANGA EU EMPUNHO A ESPADA E GRITO: "INDEPENDÊNCIA OU MORTE!"

A MUSA

O poeta se decepcionou com sua musa. Havia feito para ela um poema que citava uma dúzia de rosas febris, um canário de canto estridulante, um punhal de prata envolto num manto de veludo azul da Prússia e frescas romãs, que rimavam com pálidas manhãs.

A musa fez a lista de todos os itens contidos nos versos e os avaliou, anotando os valores a preço de mercado. Chegou à quantia de 2 mil e 850 reais. Devolveu ao poeta os versos escritos, dizendo que preferia o poema em dinheiro.

VAMOS LÁ!!
CHAMA ISSO AÍ DE
SALÁRIO E ME DÁ
UMA REPOSIÇÃO
DE 100%

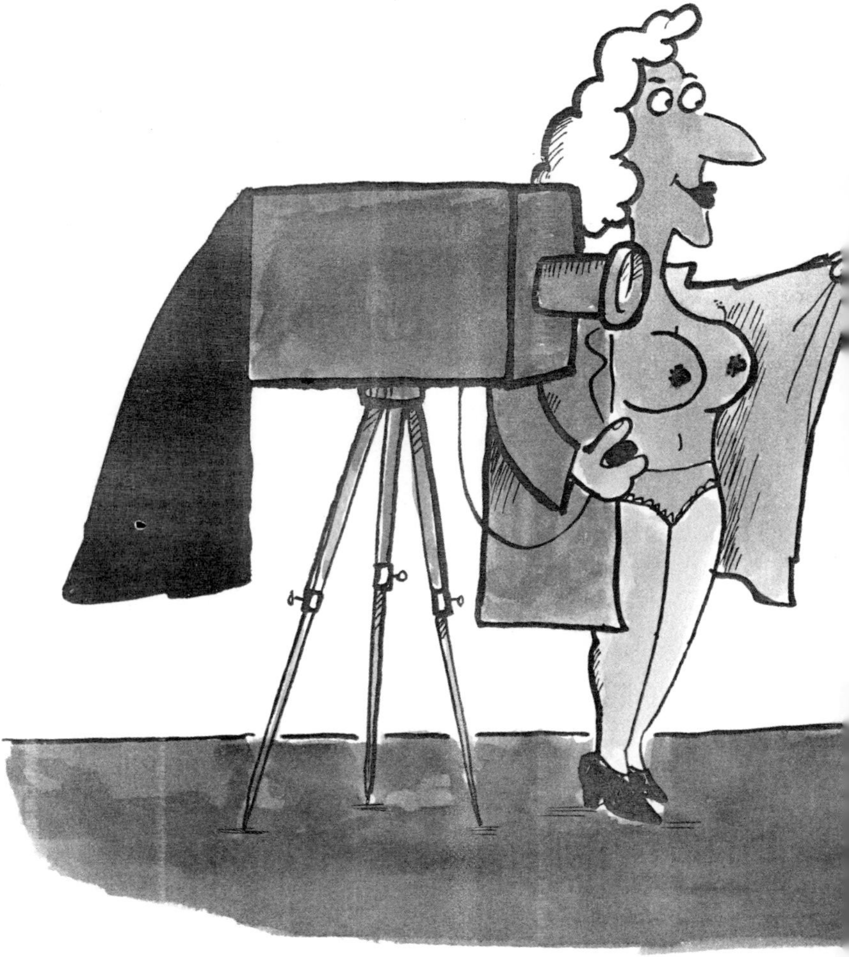

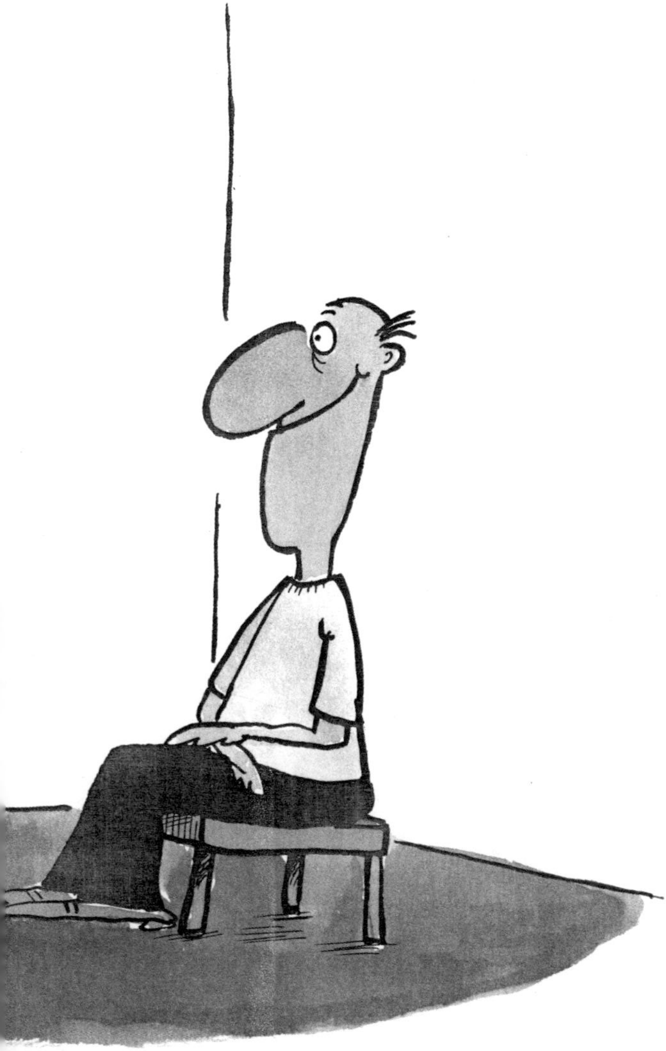

CURTO E GROSSO

PÁRA AQUI O ÔNIBUS 687, AQUELE QUE PASSA PERTO DO MOTEL ACONCHEGO - LUGAR ÓTIMO PARA PASSAR UMA NOITE COM UMA MULHER GOSTOSA QUE NEM VOCÊ, FAZENDO PAPAI-E-MAMÃE, CARRO-ALEGÓRICO, APAGA-VELA, 69 E OUTRAS POSIÇÕES QUE CONHEÇO?
ÔNIBUS

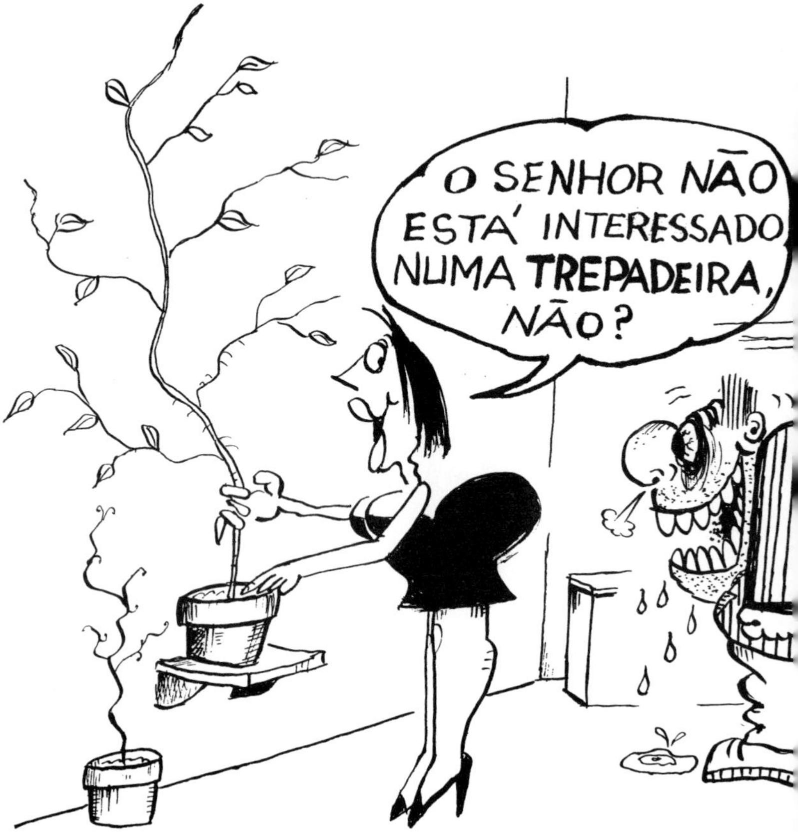
O SENHOR NÃO ESTÁ INTERESSADO NUMA **TREPADEIRA**, NÃO?

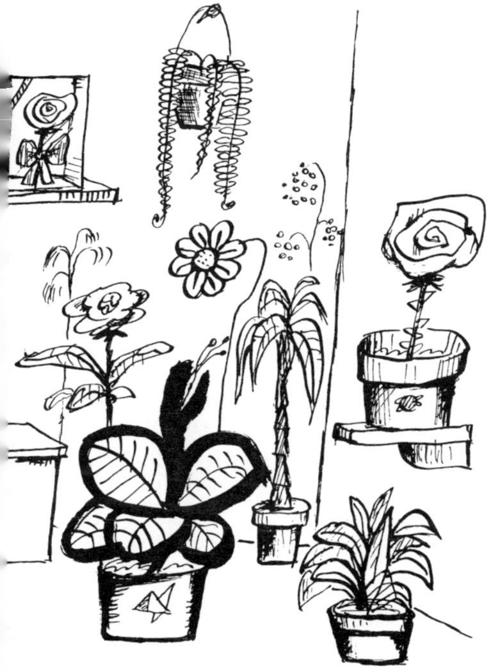

QUADRO COMPLICADO

Carlos Alberto abriu os olhos e sentiu-se um pedaço de carne cercado de dor por todos os lados. Viu vultos de pessoas em volta da cama. Não os identificou, mas imaginou ser parentes e amigos, médicos e enfermeiras. Lembrou-se de que havia sofrido uma cirurgia e que estava deitado num leito de hospital. Tentou, mas não conseguiu emitir som. Não estranhou quando uma voz não identificada falou, referindo-se a ele:

– Olhem, ele abriu os olhos!

Pensou: "Agora uma voz feminina vai me dizer:

– Oi, Carlos Alberto, meu querido, eu estou aqui".

Mas o que ele ouviu foi uma voz masculina grave e autoritária:

– Madalena, meu amor, fique boa logo pra gente ir pra casa.

Carlos Alberto pensou: "Vou ter problemas".

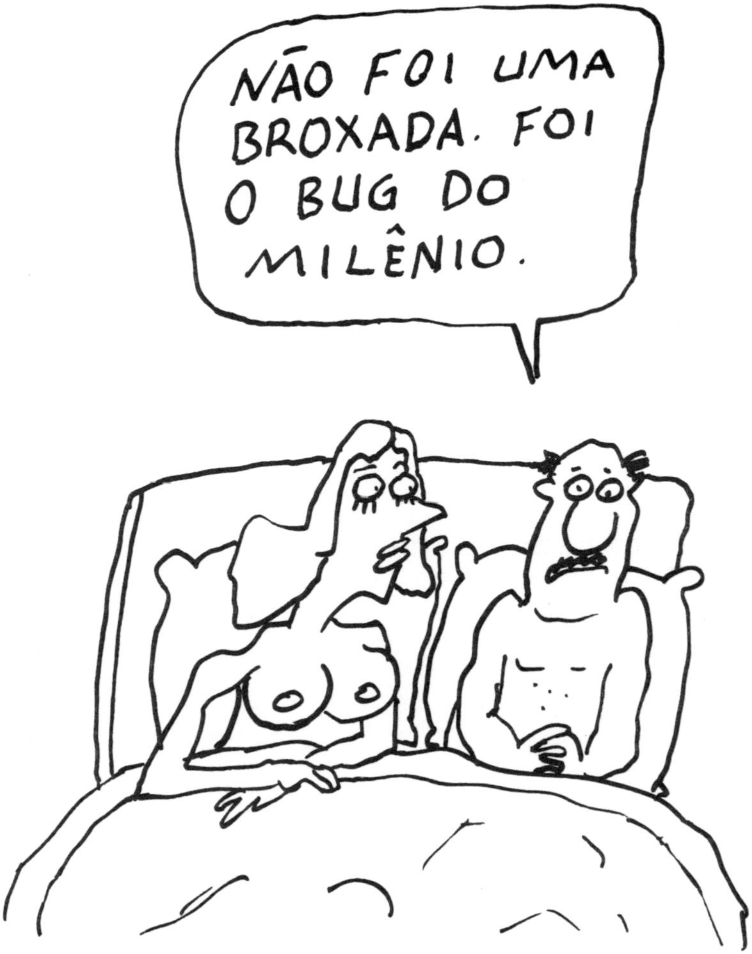
NÃO FOI UMA BROXADA. FOI O BUG DO MILÊNIO.

— É O 13º TRABALHO DE HÉRCULES!

— É O CENSO. QUANTOS SÃO NESTA CASA?

— CONTANDO COM O RICARDÃO QUE NÃO SAI DE DENTRO DO MEU ARMÁRIO: TRÊS.

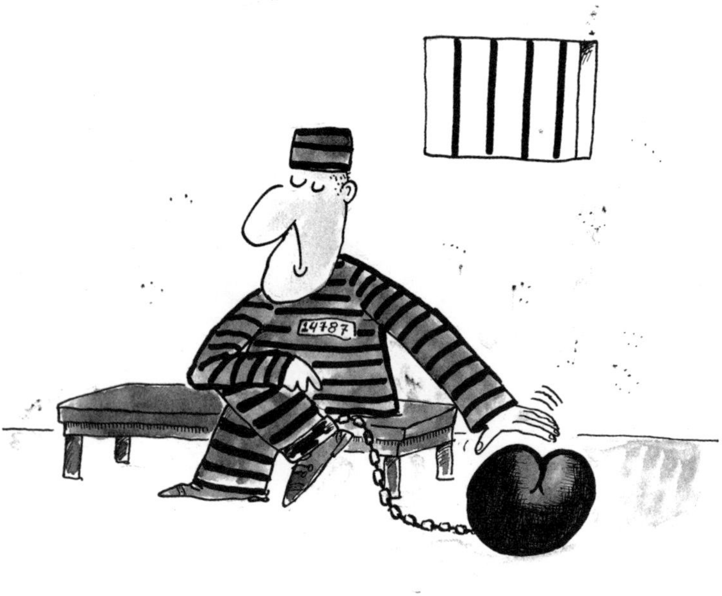
14787

VOU LER A REVISTA ENQUANTO TREPO. ALGUM PROBLEMA?
E' QUE ESTA EU JA' LI.
Caras

A MÚMIA

Os jornais cariocas foram sensacionalistas quando deram a notícia de que encontraram uma múmia egípcia em Madureira. Se os repórteres esperassem alguns dias, a notícia não teria repercutido tanto, inclusive no exterior, e todos saberiam que se tratava apenas de um caso policial.

O corpo encontrado num terreno baldio, dentro de uma caixa de som sem os alto-falantes, era de um travesti chamado Jupira, que havia desaparecido no último dia de carnaval, vestido com uma fantasia de Cleópatra. Prenderam o seu Marco Antônio, na verdade um alemão homófobo chamado Günther, que confessou ter matado a *foliona* porque descobriu, numa cama de motel, que a egípcia era egípcio. De um jeito bem diferente da original, a tal Cleópatra brasileira também foi morta por causa da sua cobra.

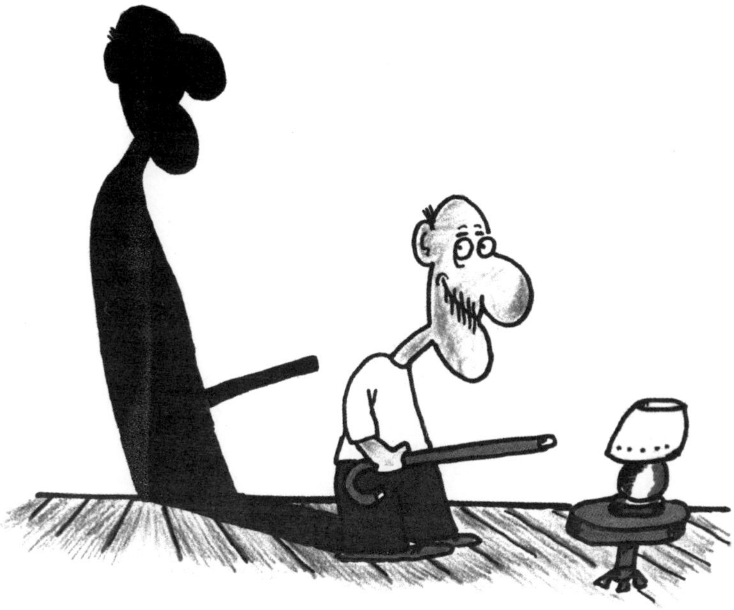

EX-PORNÓGRAFO ACEITA JESUS

(camiseta: EU AMO CRISTO PRA CARALHO!)

OS XIFÓPAGOS

OLHA QUE TESÃO! ACHO QUE VOU DAR A METADE DA MINHA BUNDA!

AS GRANDES LIÇÕES PATERNAS (II)

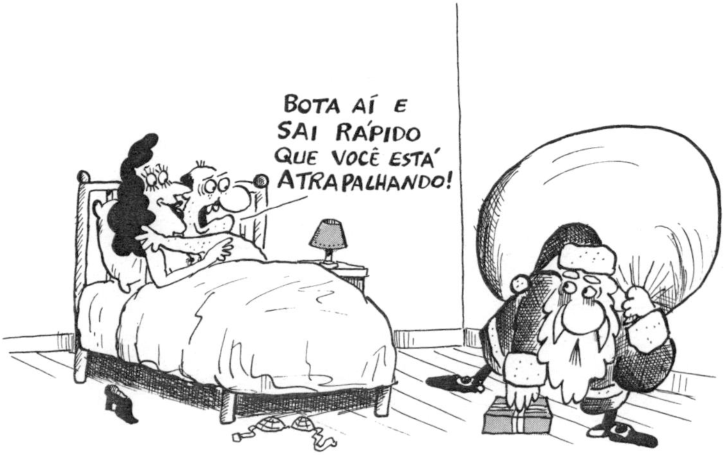
BOTA AÍ E
SAI RÁPIDO
QUE VOCÊ ESTÁ
ATRAPALHANDO!

PÔ, ALÍPIO,
A GENTE TEM DE
COMER PARA VIVER
E NÃO VIVER PARA
COMER...

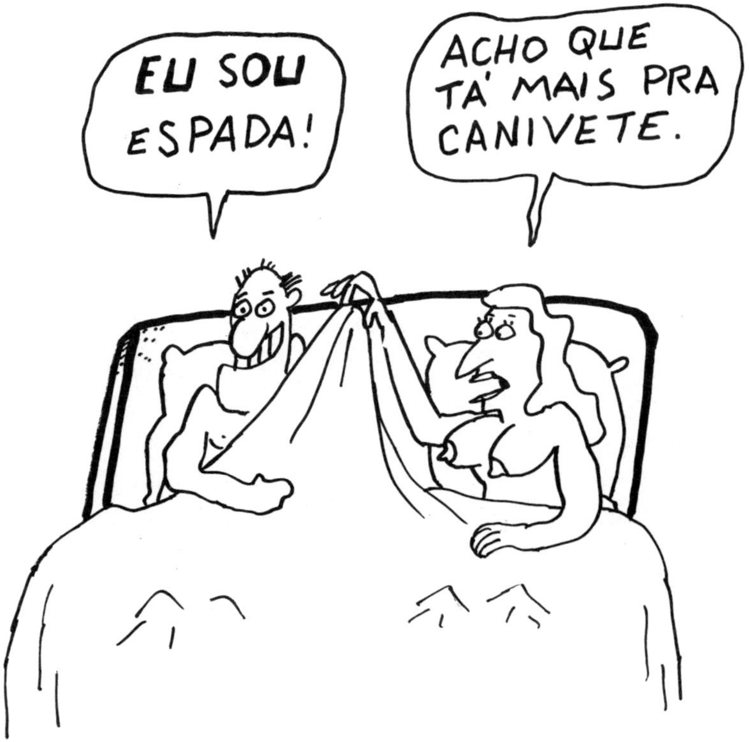
EU SOU ESPADA!
ACHO QUE TÁ MAIS PRA CANIVETE.

O XEROX

Eu tomava um cafezinho no bar. Dois garçons do lado de lá do balcão conversavam sem cerimônia, e ouvi o diálogo:
— O cara é igualzinho a mim – dizia o baixinho.
— Rosto, cabelo, tamanho, tudo, tudo... Se fosse meu irmão gêmeo, não seria tão parecido comigo.
— Sei. E daí? – perguntou o mais alto.
— Acontece que esse meu xerox é *gay*. E tem um mulato fortão, gari, que é louco por ele. Me confundiu com o *gay*, chegou aqui no bar e foi logo me arrastando pro canto, me beijando, passando a mão na minha bunda... Eu dizia que não era o outro, mas ele era todo braços e mãos na minha bunda.
— E você não fez nada?
— Não pude. O sujeito me ama.

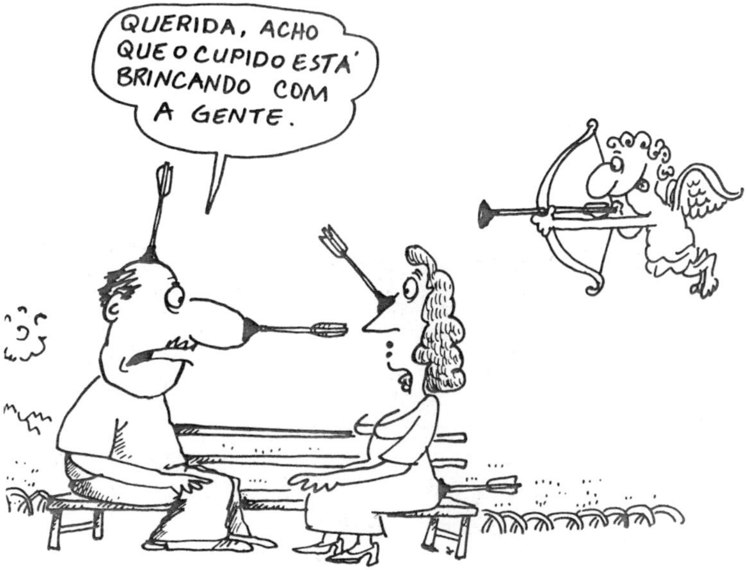
QUERIDA, ACHO QUE O CUPIDO ESTÁ BRINCANDO COM A GENTE.

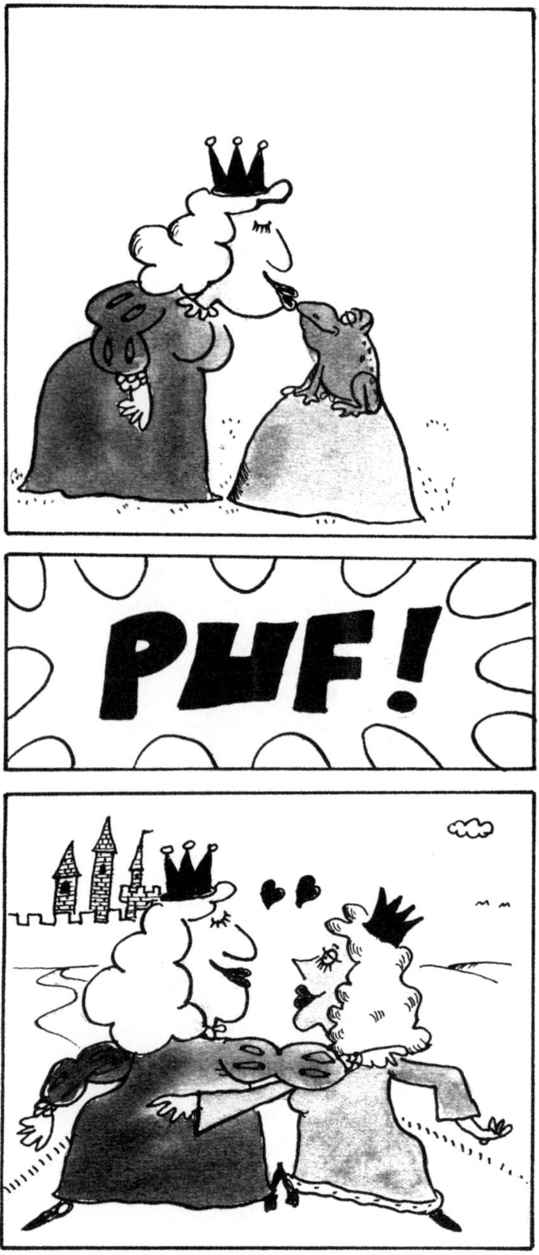
PUF!

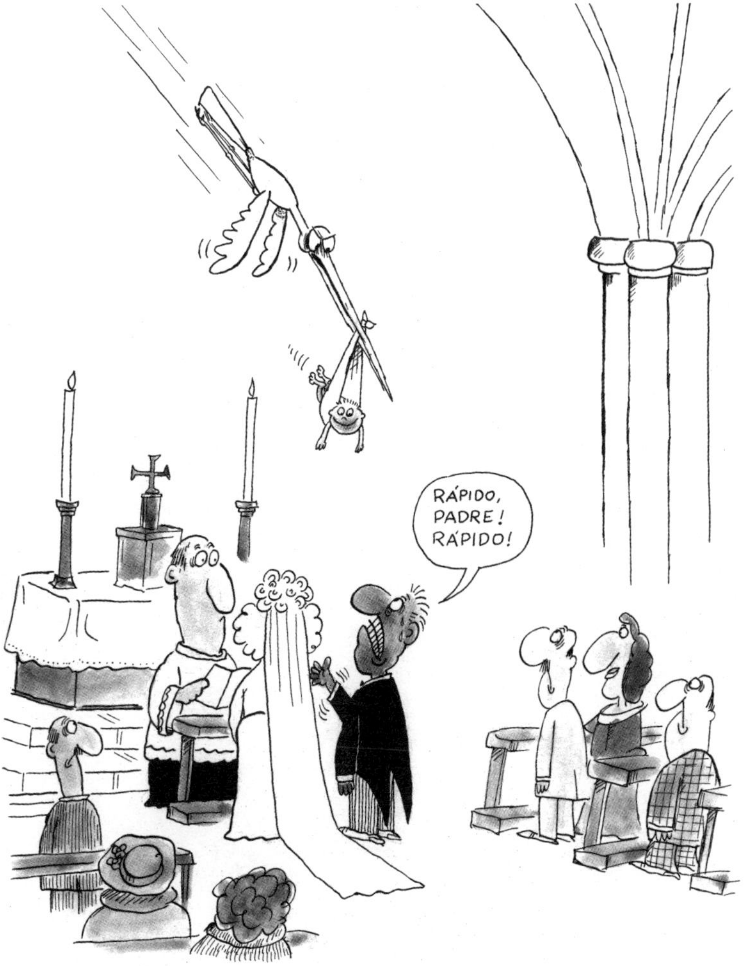
RÁPIDO, PADRE! RÁPIDO!

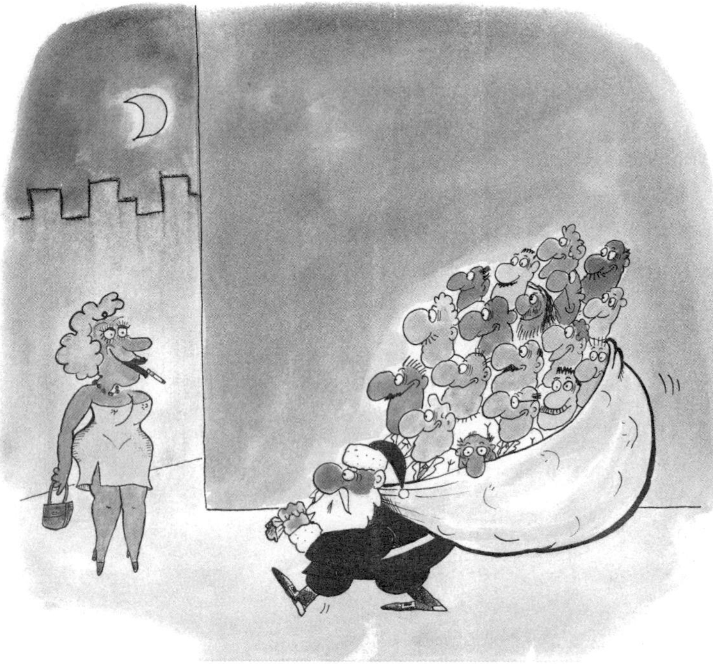

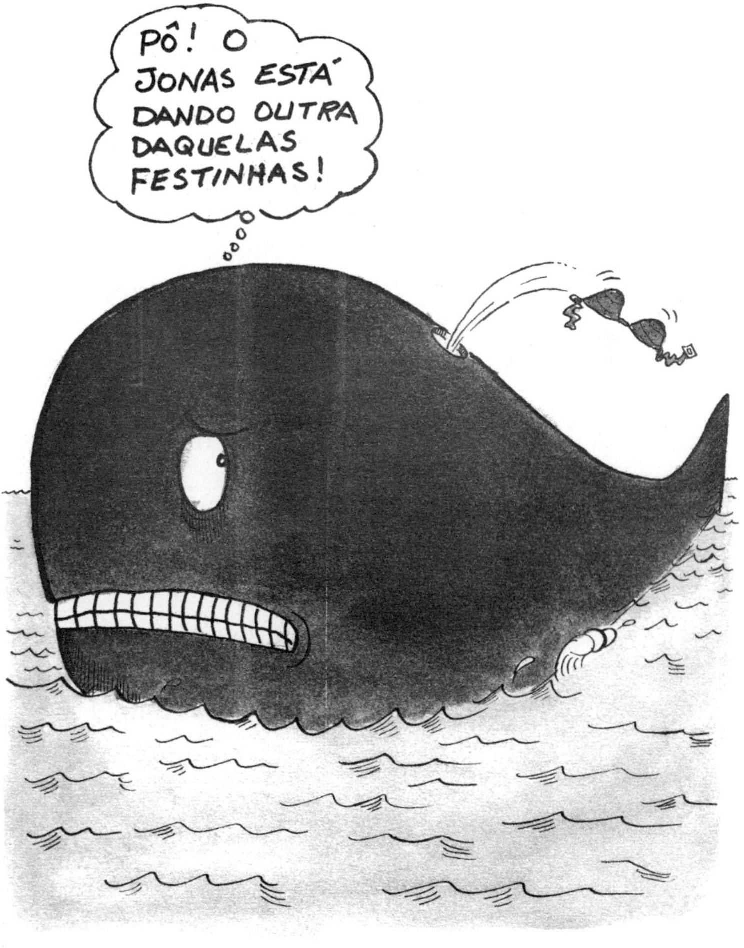
PÔ! O JONAS ESTÁ DANDO OUTRA DAQUELAS FESTINHAS!

ISSO PASSA

Bruno era bem jovem quando morreu num desastre de moto. 21 anos. Deixou – além de espinhos de dor cravados no peito dos pais, amigos e parentes – livros, roupas, tênis, revistas, um skate e uma boneca inflável.

Os livros, as revistas e o skate ficaram com Guto, o irmão caçula; as roupas e os tênis, a mãe doou para a empregada, que tinha um filho da idade de Bruno; a boneca inflável foi jogada no lixo, e o lixeiro a levou para sua casa.

O lixeiro diz para os amigos que a boneca inflável é ruim de cama, mas que ele sabe que isso vai passar, porque entende que a viúva ainda é apaixonada pelo jovem falecido.

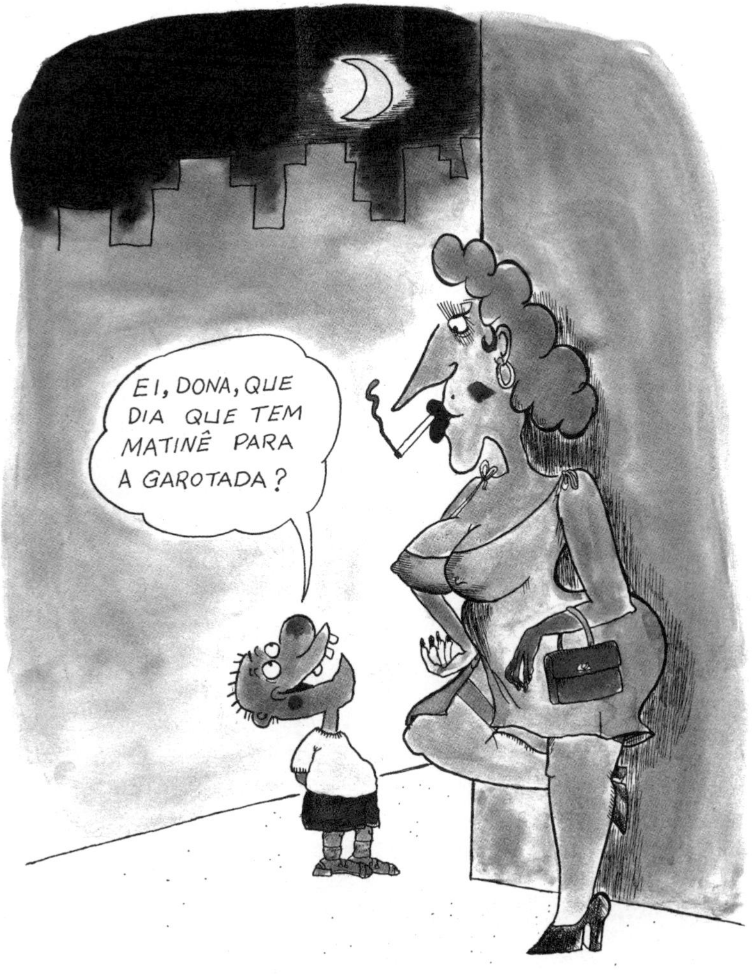
EI, DONA, QUE DIA QUE TEM MATINÊ PARA A GAROTADA?

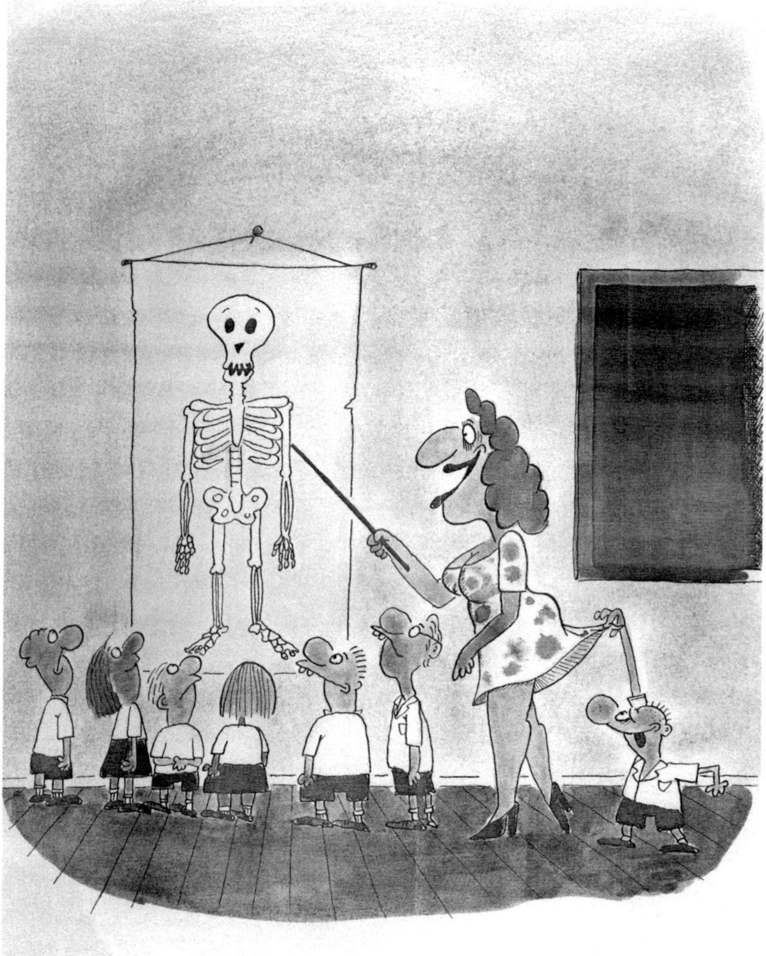

NÃO É MIRAGEM, NÃO. MAS ELA COBRA 500 REAIS!

CANIBALESCAS

– Para os canibais, os imortais da Associação Brasileira de Letras são considerados alimentos não-perecíveis.
– Os canibais sabem que os silicones das mulheres deixam um gosto ruim na comida.
– Os canibais evitam comer político brasileiro porque dá muito trabalho para limpar.
– Foi tudo um mal-entendido. Mas depois de protestos e ameaças da comunidade gay, o cozinheiro da TV Canibal que ensina cozinha antropofágica hoje diz: "Pegue um rapaz vivo" e não mais "Pegue um rapaz fresco".
– É uma espécie de Natal para os canibais quando uma aeronave cheia de passageiros cai e explode na floresta. É quando eles comem as castanhas assadas que encontram dentro do avião.
– Os canibais evitam os muito gordos, acham que os magros têm menos colesterol.
– A primeira piada de humor negro registrada na nossa história foi quando os índios, no século XII, capturaram o alemão Hans Staden e o deixaram amarrado pelos pés. Ele saltitava pela aldeia e os índios sacaneavam: "Lá vem a nossa comida pulando".
– Na cozinha canibal, os pênis de japoneses são usados como ingredientes da iguaria que leva o nome de *Farofa de Miúdos*.

MOTEL A 5 Km
MOTEL A 4 Km
MOTEL A 4 Km
JÁ?! ISSO QUE EU CHAMO DE EJACULAÇÃO PRECOCE!

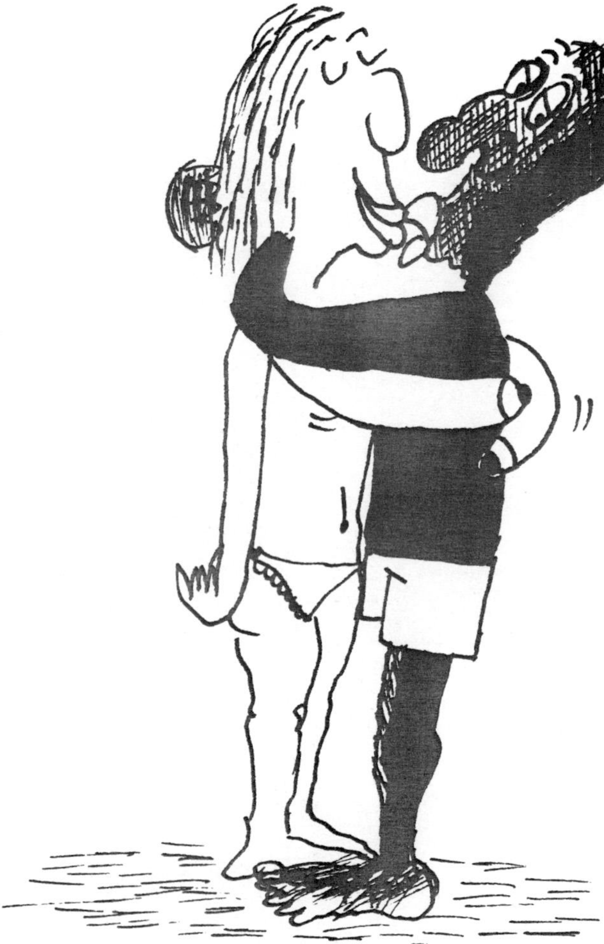

OU A SENHORA DEIXA DE SER FRIA OU O SEU MARIDO NUNCA SE CURARÁ DA PNEUMONIA.

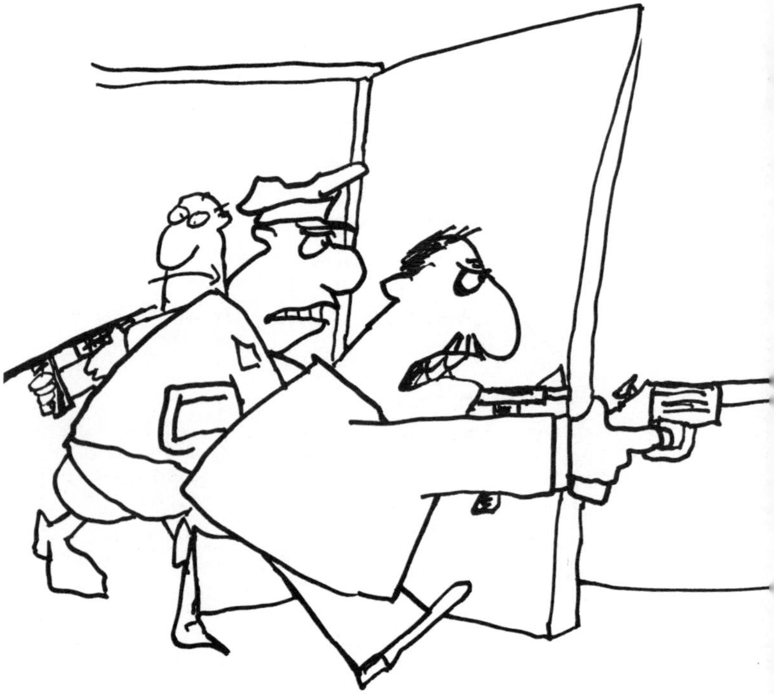

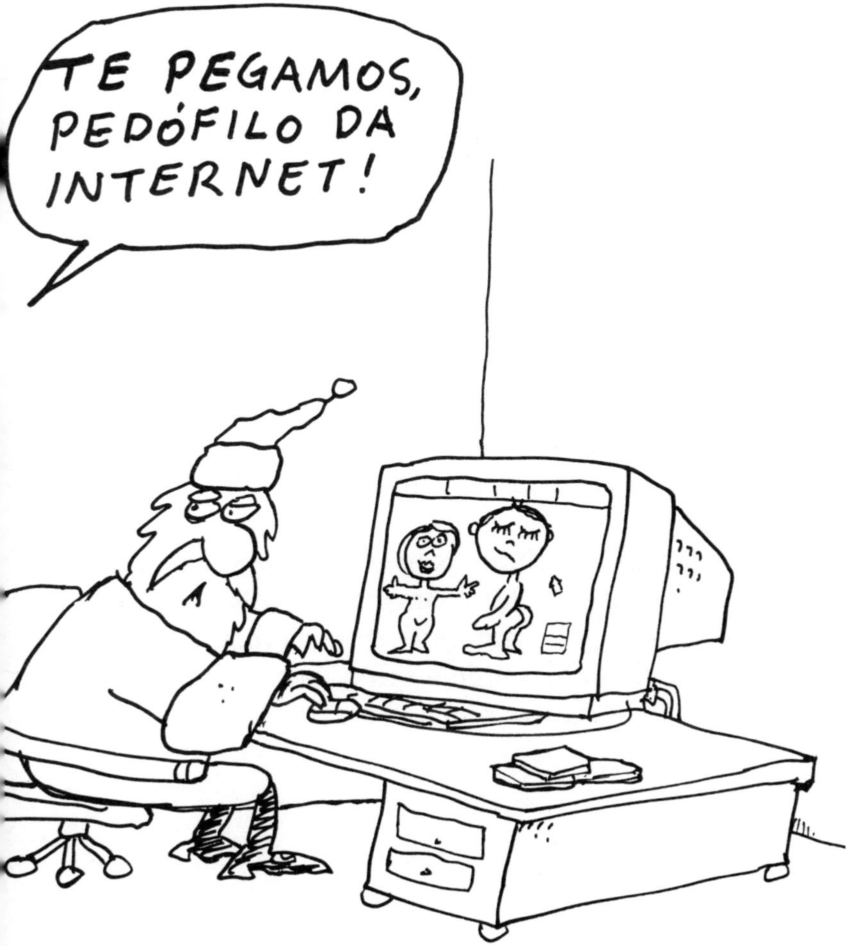
TE PEGAMOS, PEDÓFILO DA INTERNET!

O MÍNIMO

Dorothéa era amante de D. Pedro I e morava num imenso casarão na Gamboa. Ela disse ao amante real que não queria jóias, dinheiro ou presentes, e pediu a ele um mordomo. O tempo passava, e nada de D. Pedro I mandar-lhe o empregado. Numa briga que tiveram, Dorothéa jogou na cara dele:

– Eu te pedi o mínimo. Um mordomo. E você até hoje não providenciou!

O imperador rompeu com ela e, meses depois, lembrou-se do pedido da ex-amante. Resolveu pagar a promessa, mas não lembrava se o mordomo era o pedido mínimo, ou se mínimo era o mordomo. Optou pela segunda alternativa e mandou para Dorothéa um mordomo anão.

VOCÊ VAI SE SUICIDAR TAMBÉM?
SIM. ME SINTO MUITO SOLITÁRIO
QUE COINCIDÊNCIA! NÓS DOIS COM O MESMO PROBLEMA!
É. TEMOS ALGO EM COMUM... QUEM SABE, SE TENTÁSSEMOS UM NAMORO?! NOSSA SOLIDÃO ACABARIA!
SIM... LOGO QUE O VI AÍ SENTI QUE VOCÊ ERA QUEM EU SEMPRE PROCUREI. SEI QUE COM VOCÊ, PELA PRIMEIRA VEZ, TEREI AMOR. SEREI FELIZ!
EU TAMBÉM! FOI AMOR À PRIMEIRA VISTA!
MEU AMOR!

SE FICAR COMIGO, NÃO TE DOU NEM CASA, NEM COMIDA E NEM ROUPA LAVADA!

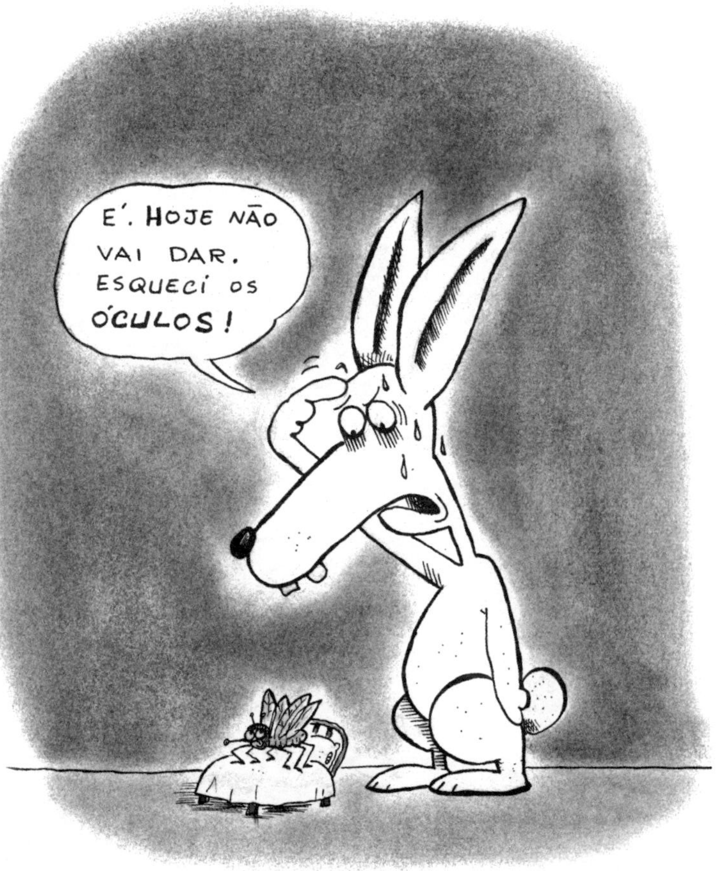
É. HOJE NÃO VAI DAR. ESQUECI OS ÓCULOS!

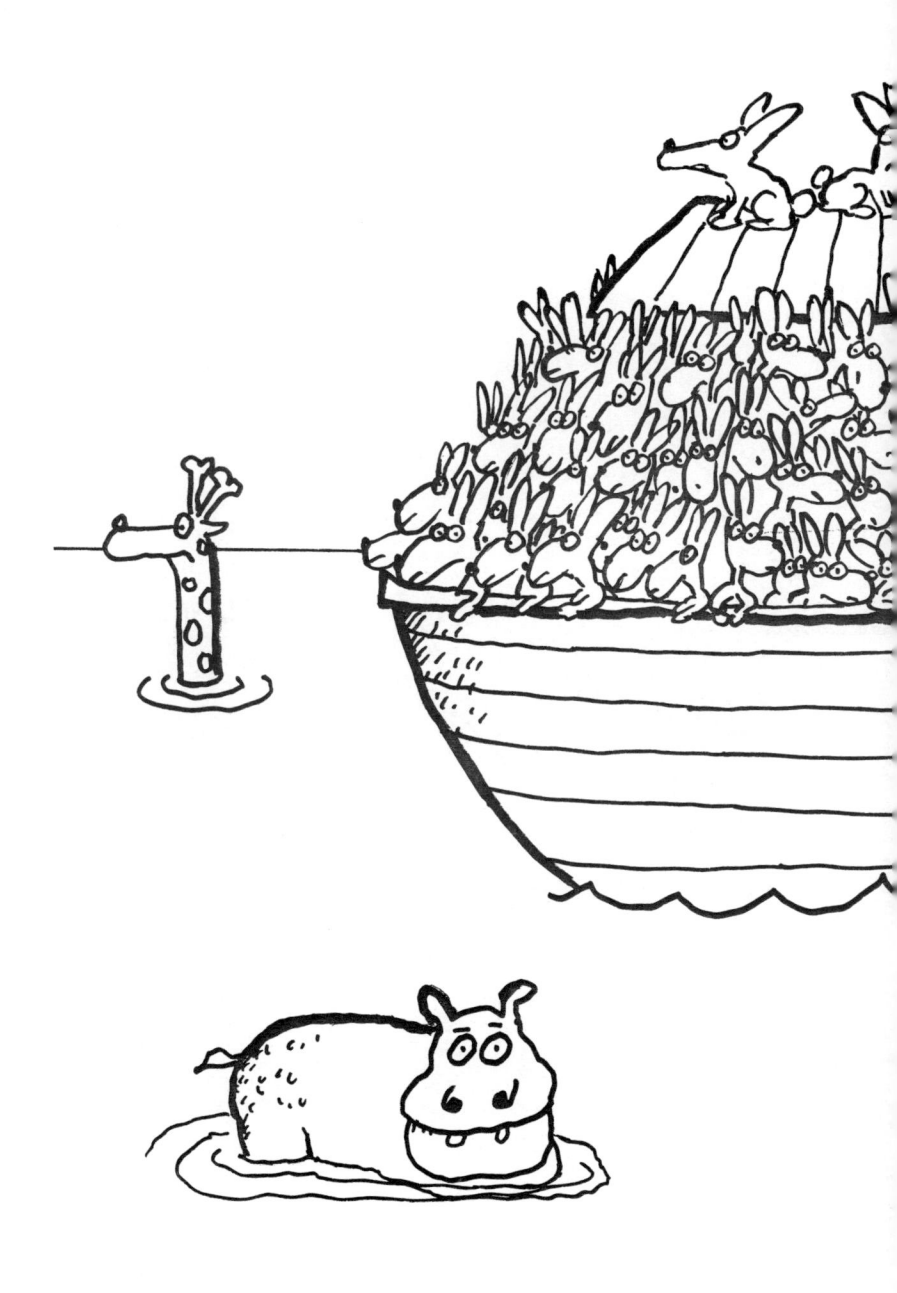

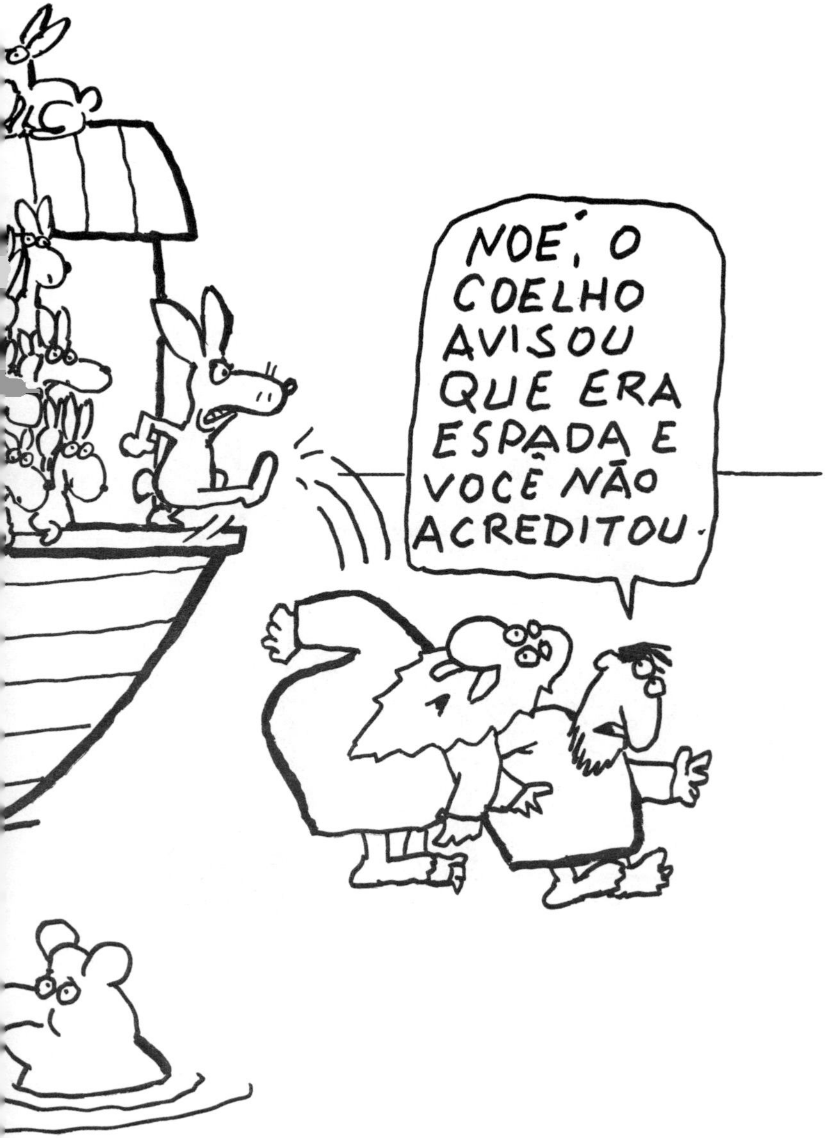
NOÉ, O COELHO AVISOU QUE ERA ESPADA E VOCÊ NÃO ACREDITOU.

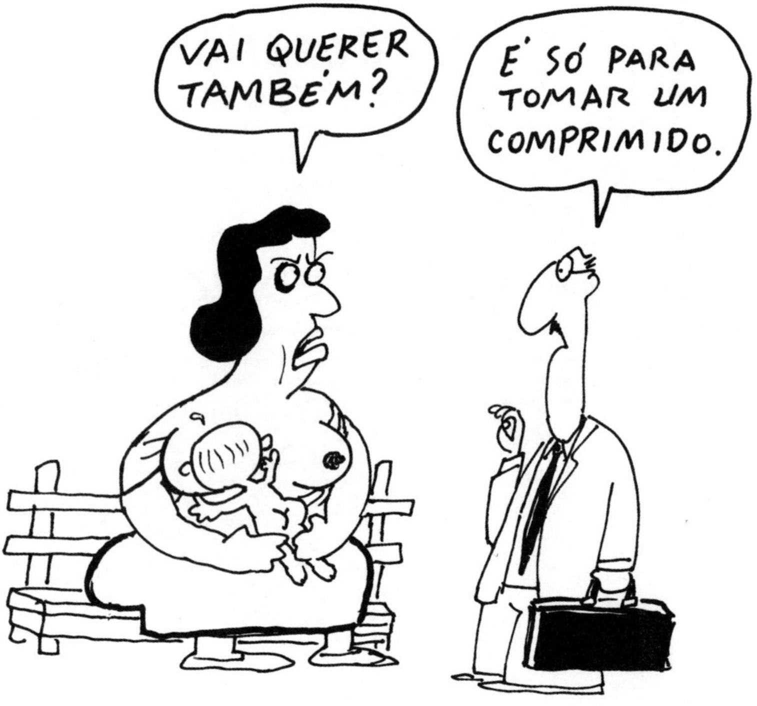
VAI QUERER TAMBÉM?
É SÓ PARA TOMAR UM COMPRIMIDO.

Querida, podemos marcar nosso casamento! Saiu a minha corrupção.

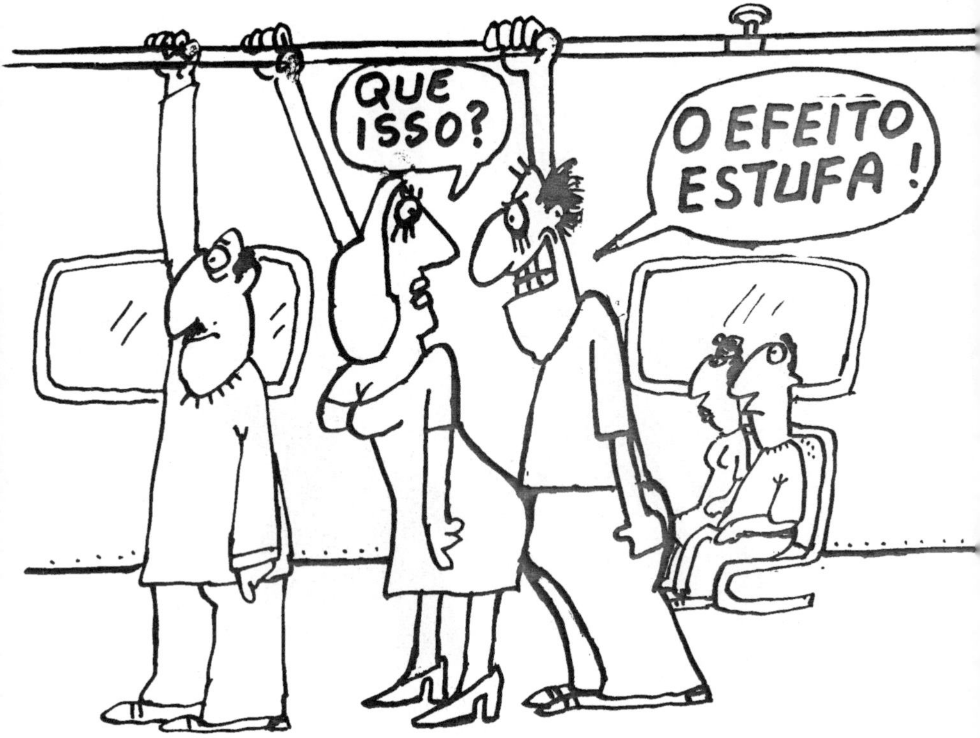
QUE ISSO?
O EFEITO ESTUFA!

A BONECA TÁ A FIM DE TOMAR UM ANTICONCEPCIONAL NO MEU APARTAMENTO?

VATICANO CAÇA PADRES HOMOSSEXUAIS EM IGREJAS E SEMINÁRIOS
A GUILHOTINA É PARA CORTAR A CABEÇA DO PEDÓFILO?
A DE BAIXO.

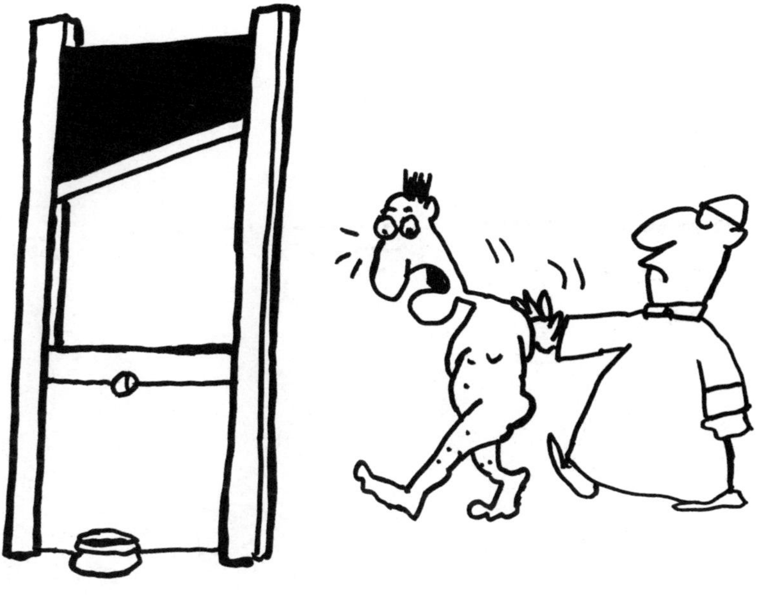

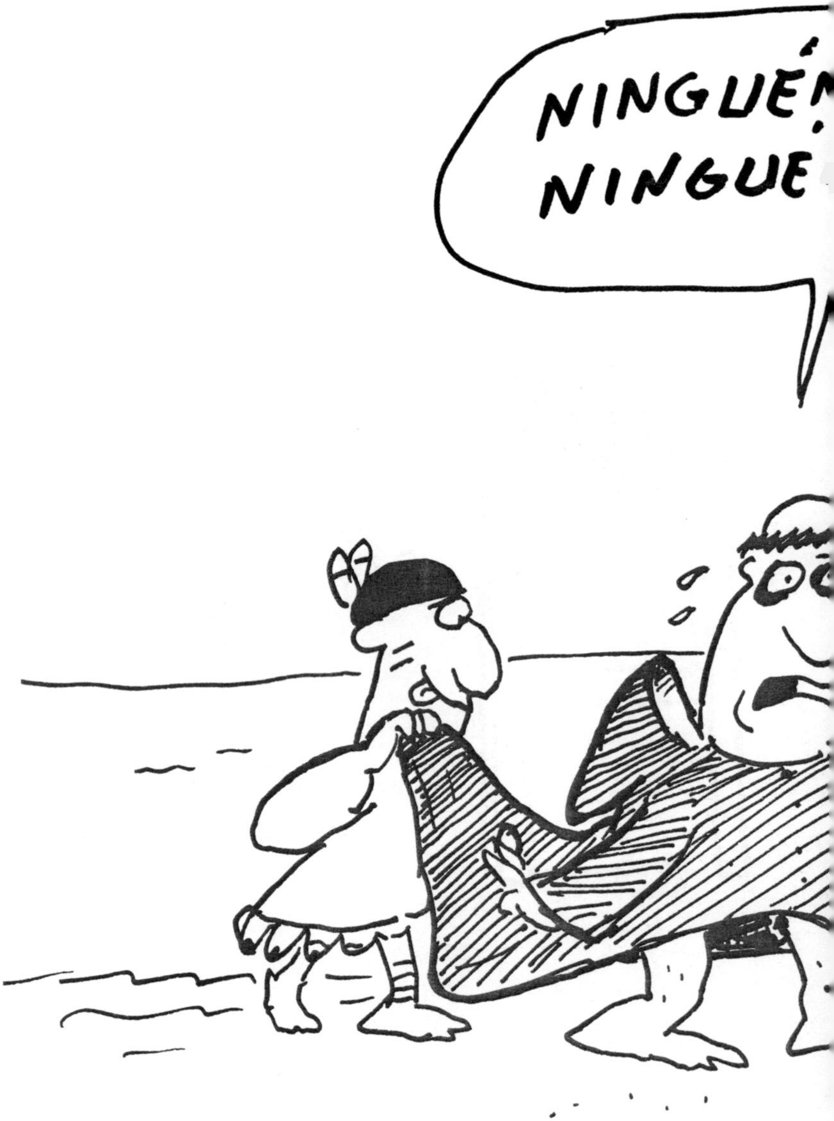
NINGUÉ
NINGUE

VAI ME COMER!
VAI ME COMER!

FREI SARDINHA

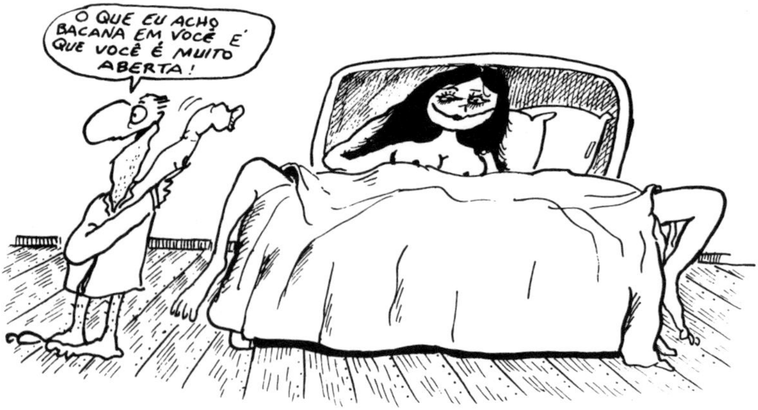
O QUE EU ACHO BACANA EM VOCÊ É QUE VOCÊ É MUITO ABERTA!

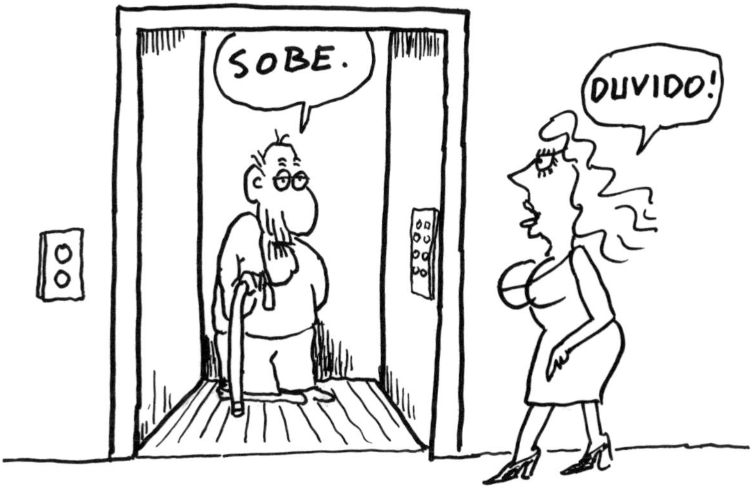
SOBE.
DUVIDO!

1

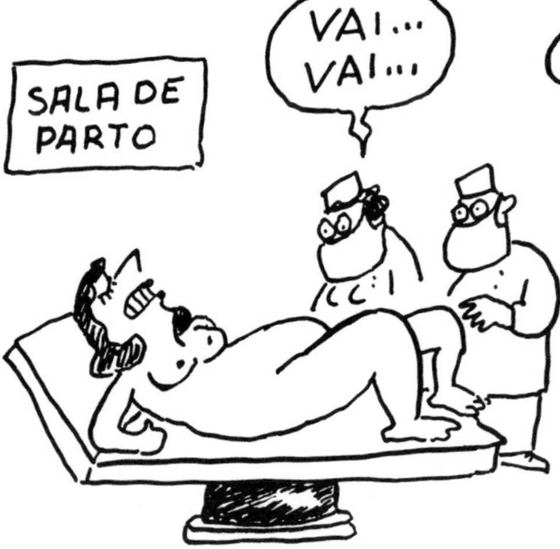

3

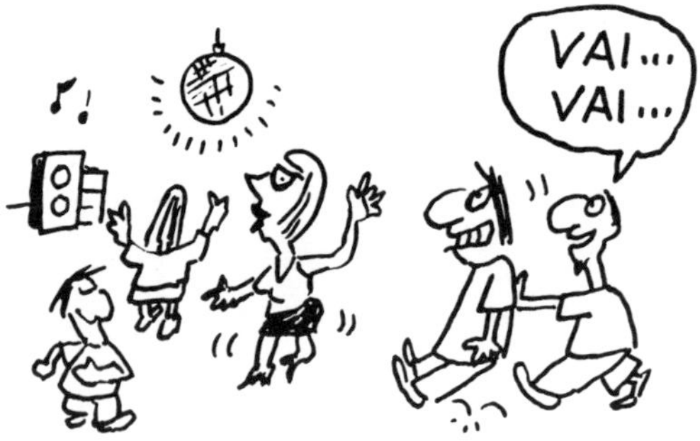

5

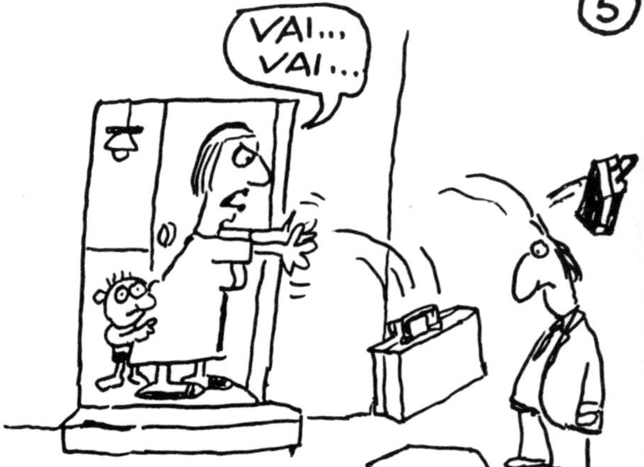

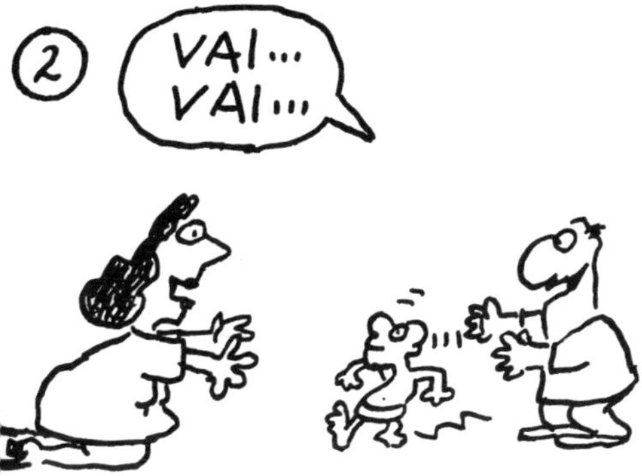
2
VAI...
VAI...

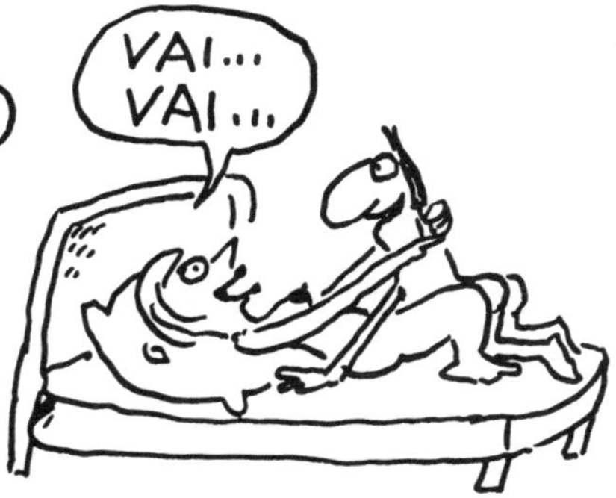
4
VAI...
VAI...

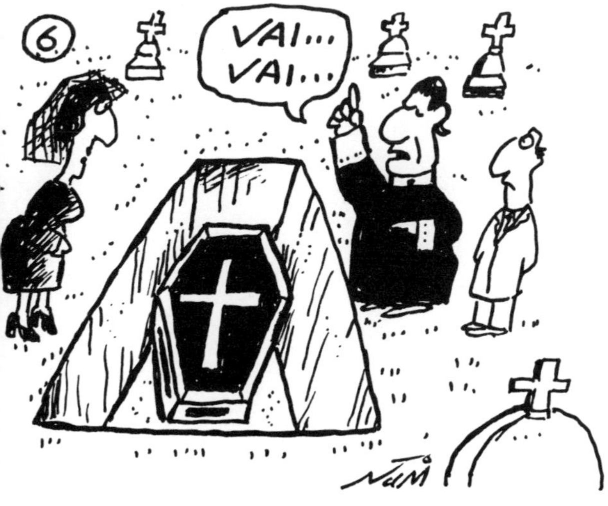
6
VAI...
VAI...

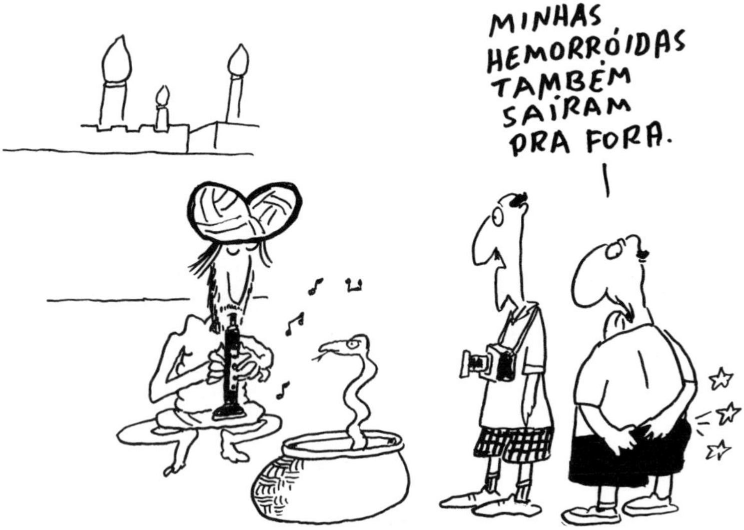
MINHAS HEMORRÓIDAS TAMBÉM SAÍRAM PRA FORA.

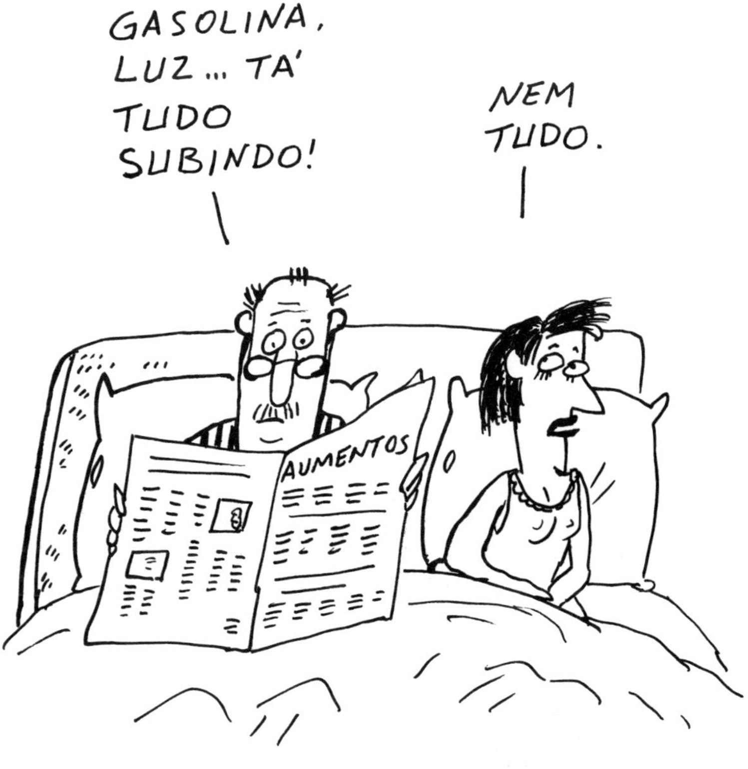
GASOLINA, LUZ... TÁ TUDO SUBINDO!
NEM TUDO.
AUMENTOS

Minas Gerais
Rio Paranaíba
Rio Grande
Colombia
Santa Fé do Sul
Pitangueiras
Ribeirão Preto
Rio Tietê
São Paulo
Itirapina
Paraná
Pederneiras
Terminal
Hidroferroviário
Rio Tietê
Rio Paranapanema
Paraná
Itú

hidroviário
ferroviário
rroviária

PÁRA COM ISSO.

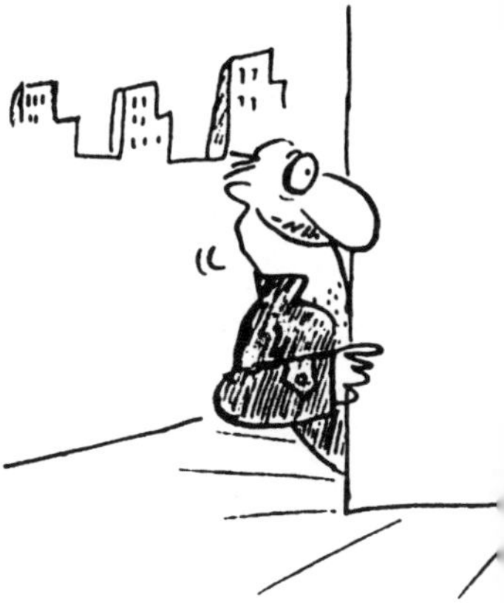

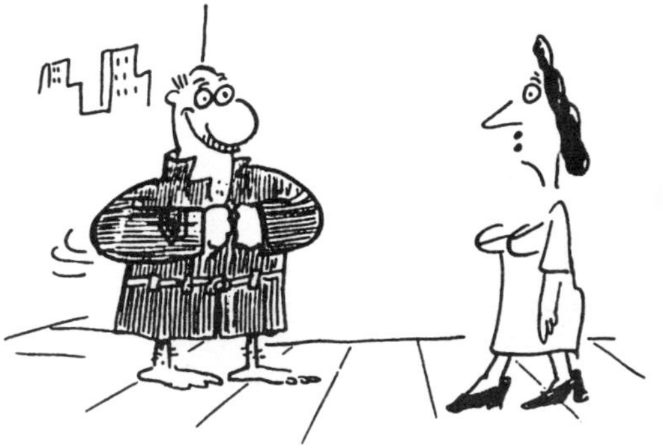

2

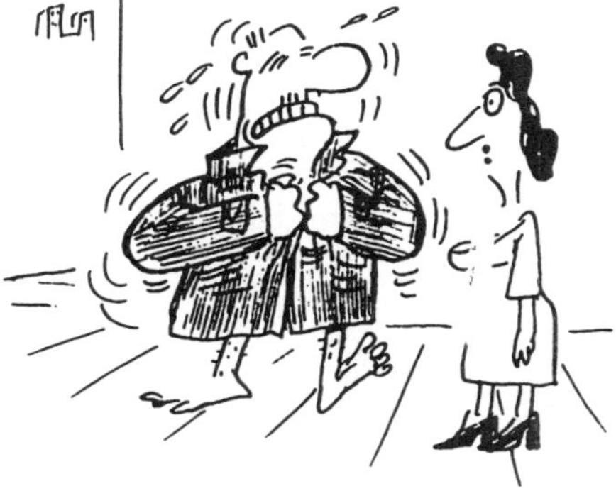

4

①

③

⑤ ISSO NUNCA ACONTECEU COMIGO ANTES.

NÃO FIQUE ASSIM. ISSO PODE ACONTECER COM QUALQUER UM.

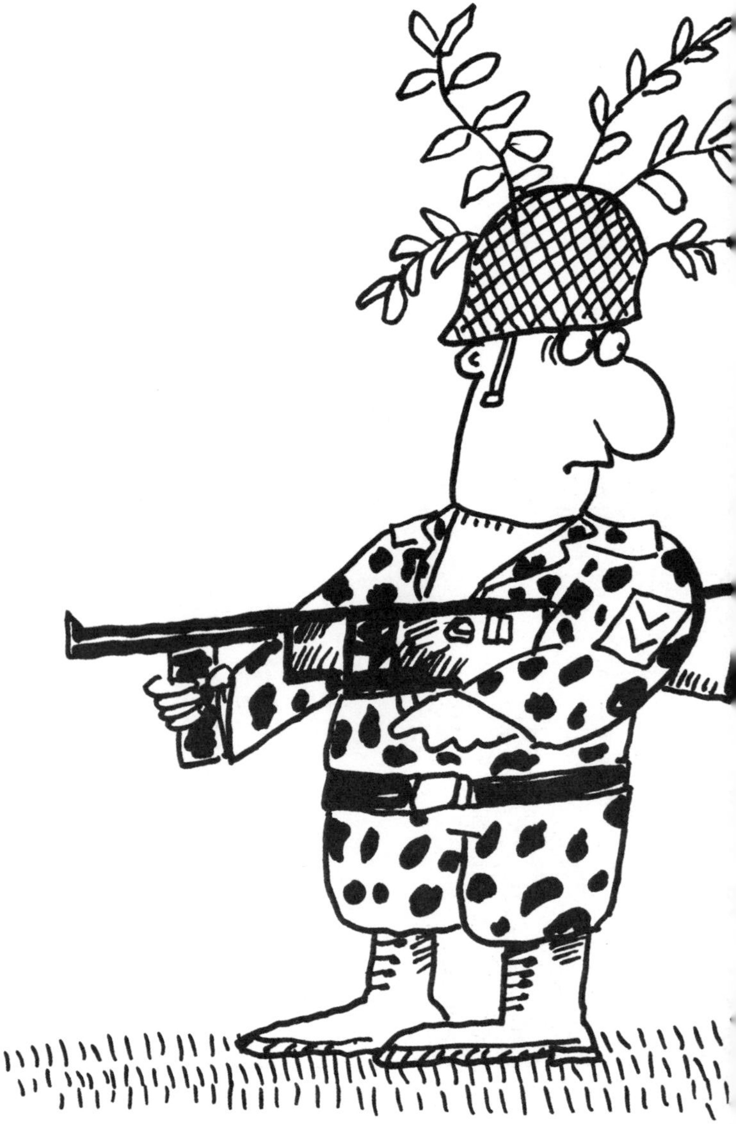

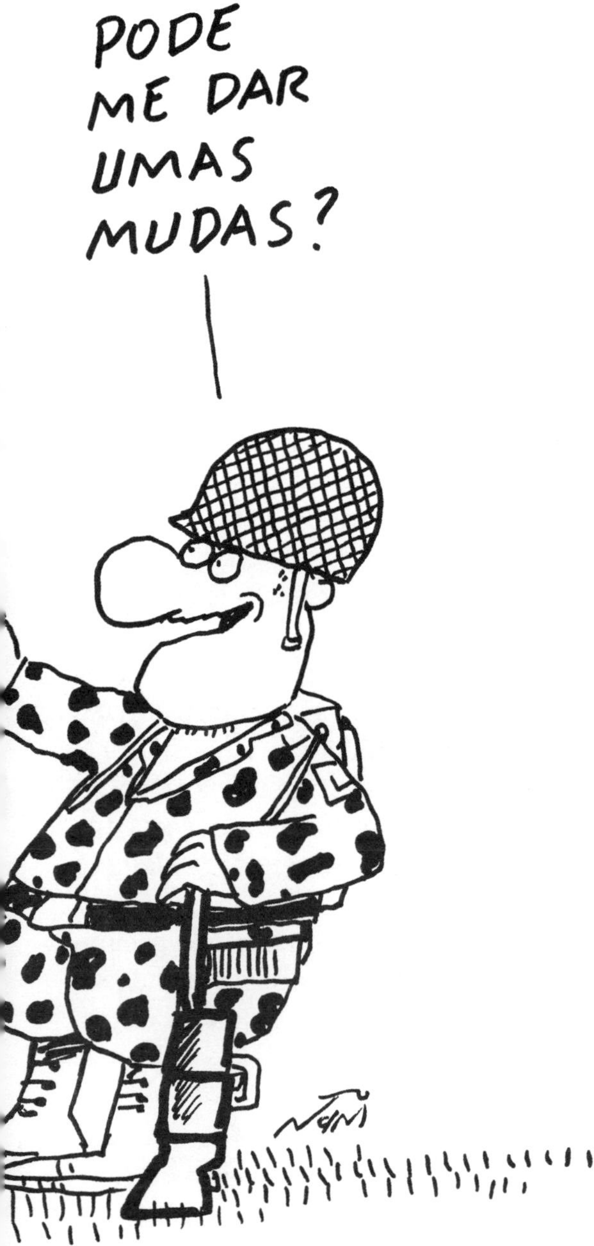
PODE ME DAR UMAS MUDAS?

O BOCA-SUJA

José era motorista de uma casa de móveis. Teve que levar, numa kombi, uma cadeira para a sala do novo bispo, que estava se instalando no palácio episcopal. O bispo estava na portaria quando José chegou, trazendo a cadeira, e subiu com ele no elevador de serviço. O bispo apertou o oitavo andar e José se desculpou pelo atraso. Disse que o pneu tinha furado e sabia o porquê de tanta falta de sorte:

– Eu devo ter atirado pedra na cruz. Eu matei o gato de Jesus Cristo.

O religioso sorriu do jeito simplório do trabalhador justificar sua incompetência. José, observando o sorriso indulgente, achou que estava agradando:

– Sua Impotência está rindo, mas é sério! Sou cagado de arara. – José se tocou que não deveria ter falado aquilo para o bispo e tentou remendar: – Cagado no bom sentido.

O bispo ergueu os olhos para o céu pedindo paciência ao Criador e conferiu se o oitavo andar estava chegando; queria se livrar daquele boquirroto o quanto antes.

Quando a porta se abriu, o bispo indicou a sala onde José deveria colocar a cadeira. Sua Reverendíssima deu uma gorjeta ao entregador, agradecendo e dizendo: "Vá com Deus".

José guardou o dinheiro no bolso sem pressa e, vendo o local atulhado de livros e pinturas religiosas, imagens de santos e santas de vários tamanhos, crucifixos, castiçais, lustres, pequenos sacrários e fotos emolduradas de cardeais e papas, tudo muito colorido, dourado e prateado, disse para o bispo:

– A sala do senhor vai ficar bonita, mas por enquanto isso aqui tá parecendo penteadeira de puta.

O padre entrou em pânico, queria excomungar o motorista, mas segurou a onda e respondeu:

– Não se preocupe. Em cinco minutos a sala vai estar toda arrumada e vai ficar bem bonita. – E o religioso começou a cantar uma música de igreja para ofuscar futuras baixarias do boca-suja.

Mas sua cantoria não impediu que ele escutasse José dizendo, já no elevador, que daria o cu à maçaneta se ele arrumasse aquela sala em cinco minutos. O bispo teve que continuar cantando por mais de quinze minutos, até se acalmar.

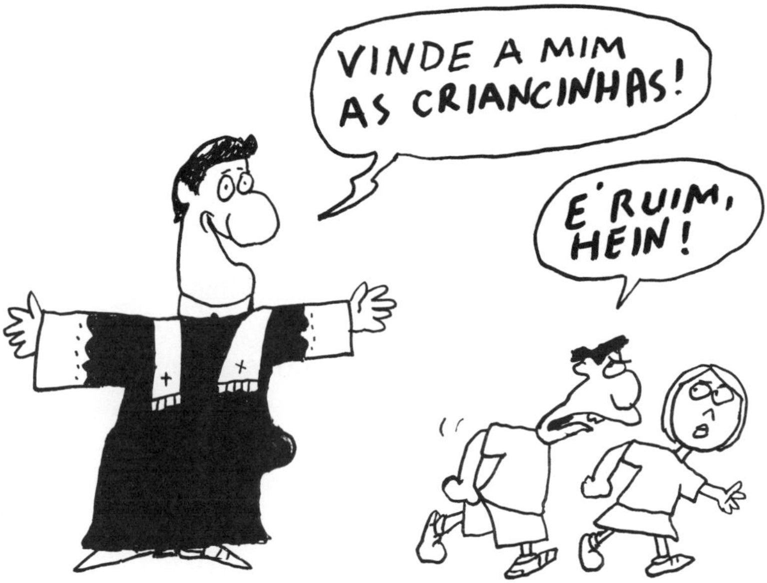
VINDE A MIM AS CRIANCINHAS!
É RUIM, HEIN!

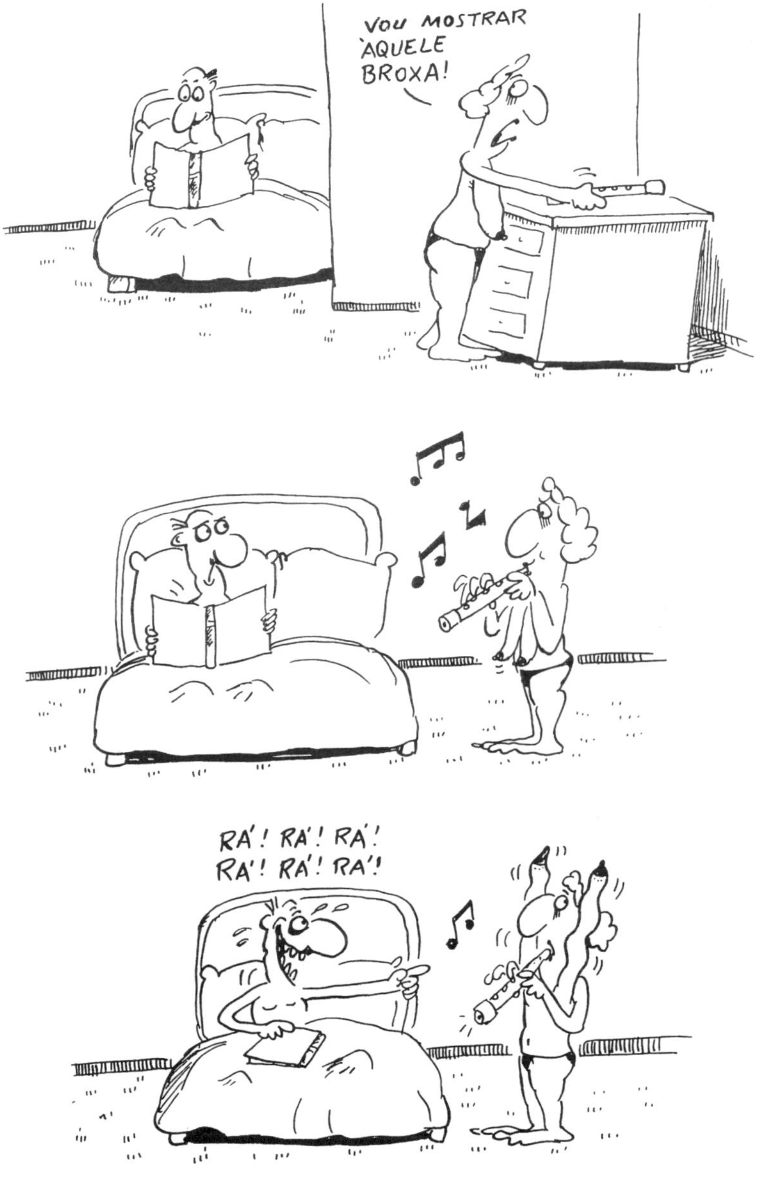
VOU MOSTRAR ÀQUELE BROXA!
RÁ! RÁ! RÁ! RÁ! RÁ! RÁ!

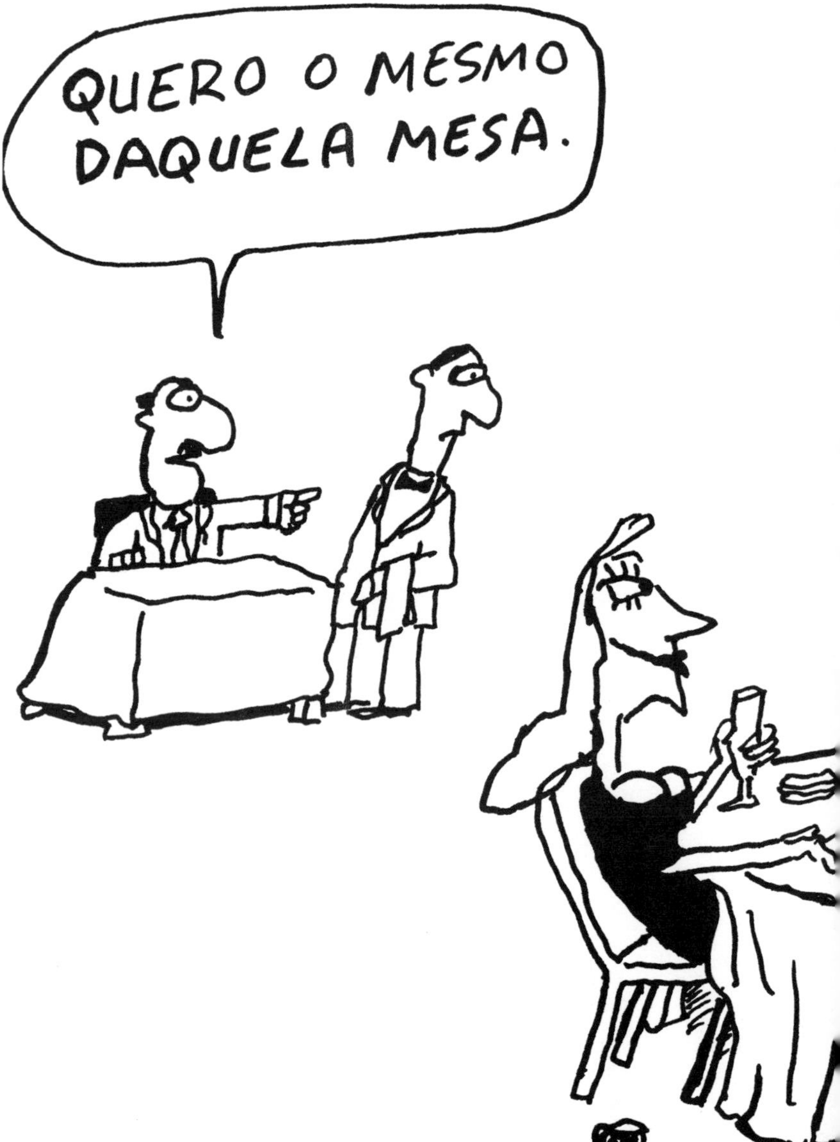
QUERO O MESMO DAQUELA MESA.

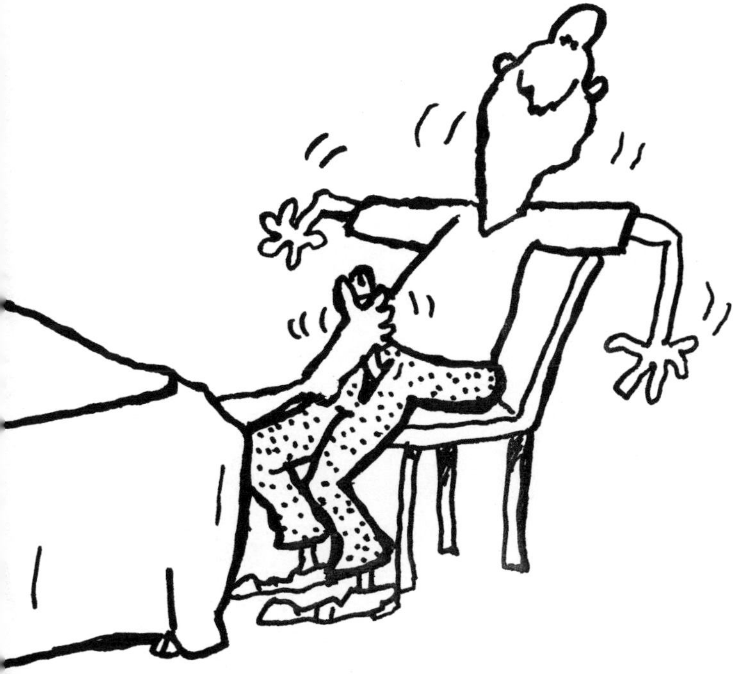

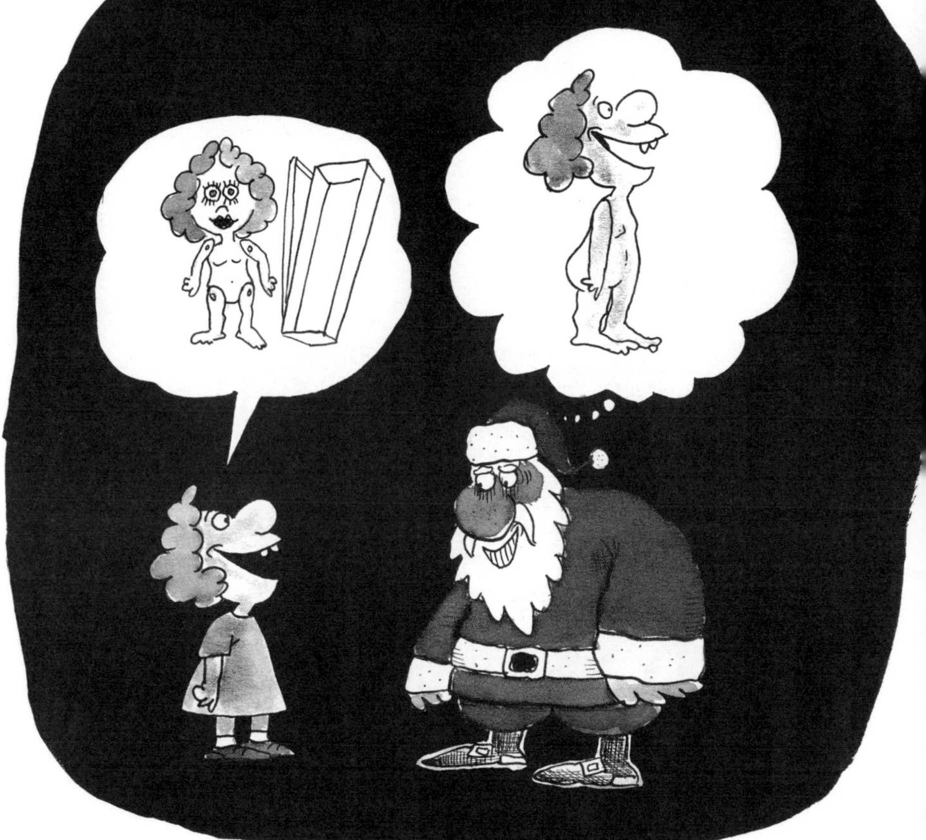

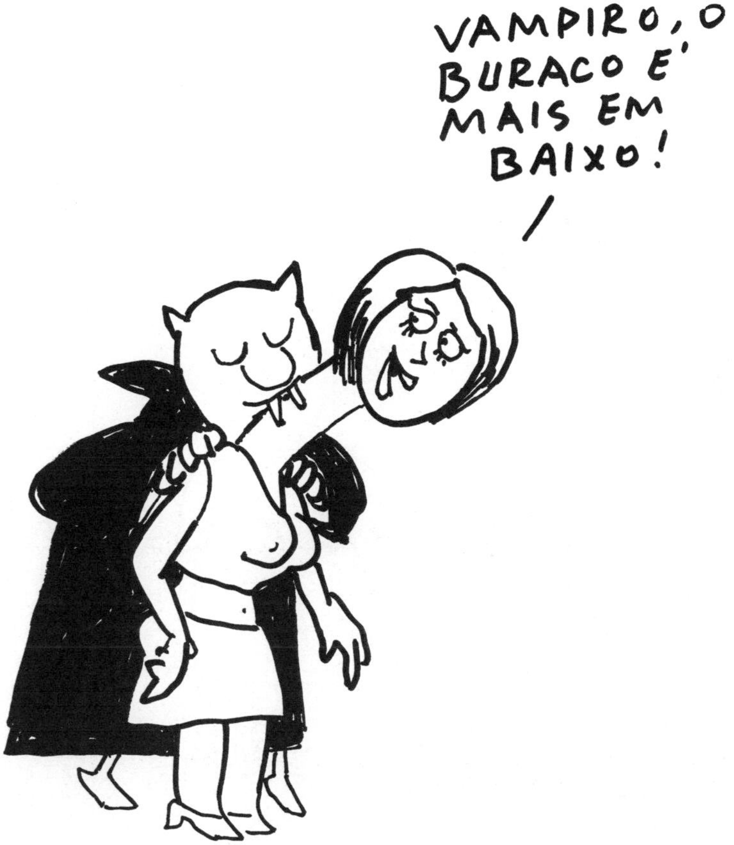
VAMPIRO, O BURACO É MAIS EM BAIXO!

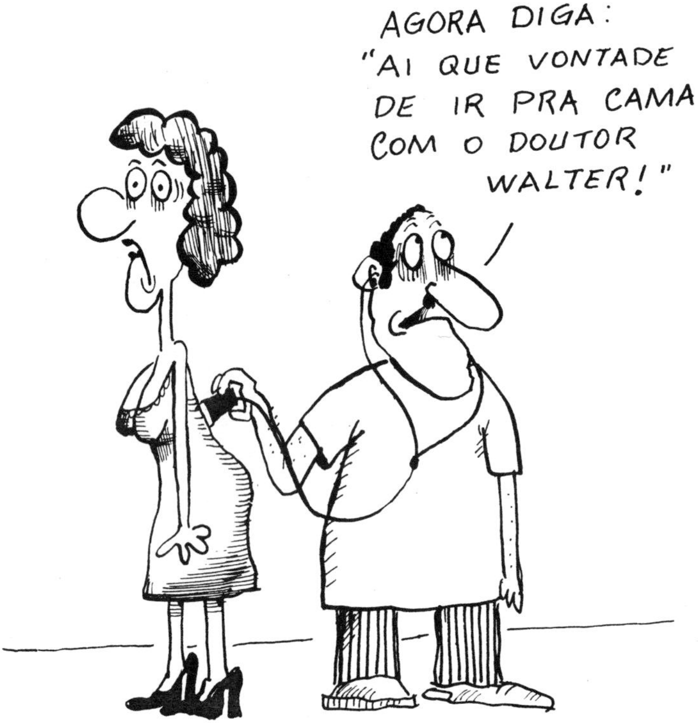
AGORA DIGA:
"AI QUE VONTADE
DE IR PRA CAMA
COM O DOUTOR
WALTER!"

O SENHOR CAMARGO HOJE NÃO ESTÁ PARA NINGUÉM!
RECEPÇÃO
DIRETOR

A GRAMA DA VIZINHA É SEMPRE MAIS VERDE

O QUE É QUE UMA GAROTA MARAVILHOSA COMO VOCÊ ESTÁ FAZENDO NUM LUGAR COMO ESTE?

ÉPOCA DE ELEIÇÃO
É ASSIM. NÓS, CANDIDATOS,
ADORAMOS DAR TAPINHAS
NAS COSTAS DO ELEITOR.

EU JÁ ESTAVA ACHANDO QUE ESTE ERA O SEU PRIMEIRO FRACASSO, POIS HÁ DOIS ANOS QUE VOCÊ ESTÁ PARA DESCOBRIR QUEM É O AMANTE DA MINHA ESPOSA E VOCÊ NÃO DESCOBRIA.

AGORA SEI PORQUE VOCÊ NAO DESCOBRIA, SHERLOQUE HOLMES!
ELEMENTAR!

EU ME CONHEÇO

Quando a morte passar por mim
Requebrando debaixo da mortalha
A sua bunda magra
Na certa eu a seguirei
Porque eu não posso ver um rabo de saia.

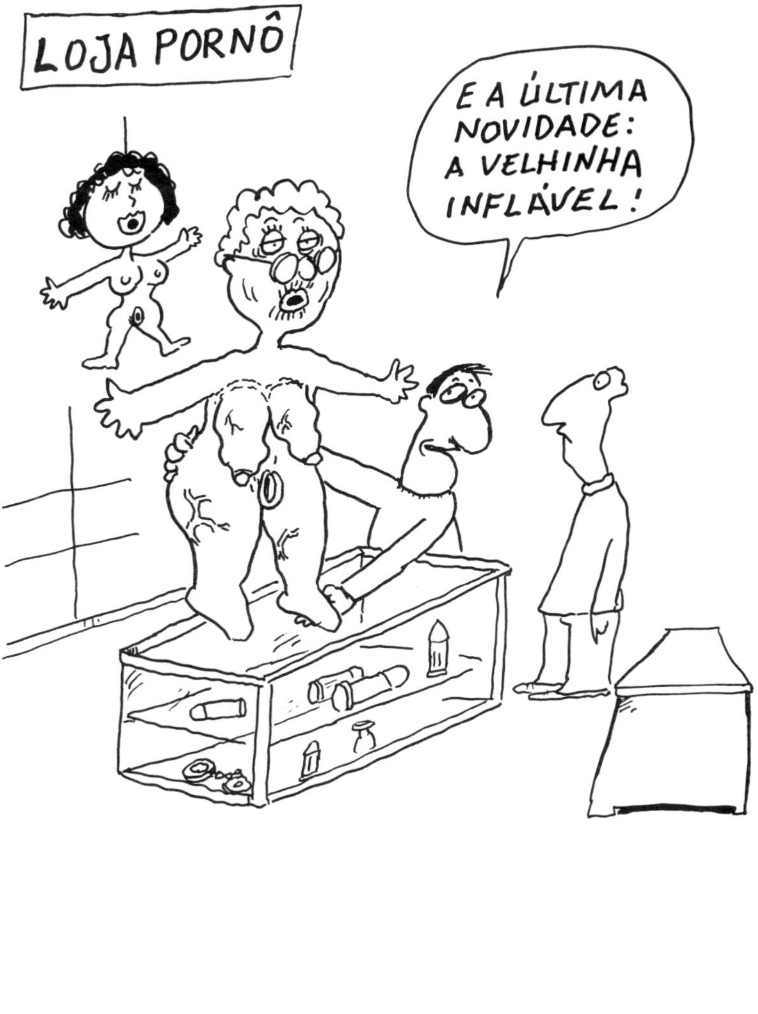
LOJA PORNÔ
E A ÚLTIMA NOVIDADE: A VELHINHA INFLÁVEL!

LIXEIRO DE PRAIA DE NUDISMO, A PROFISSÃO MAIS PERIGOSA DO MUNDO.

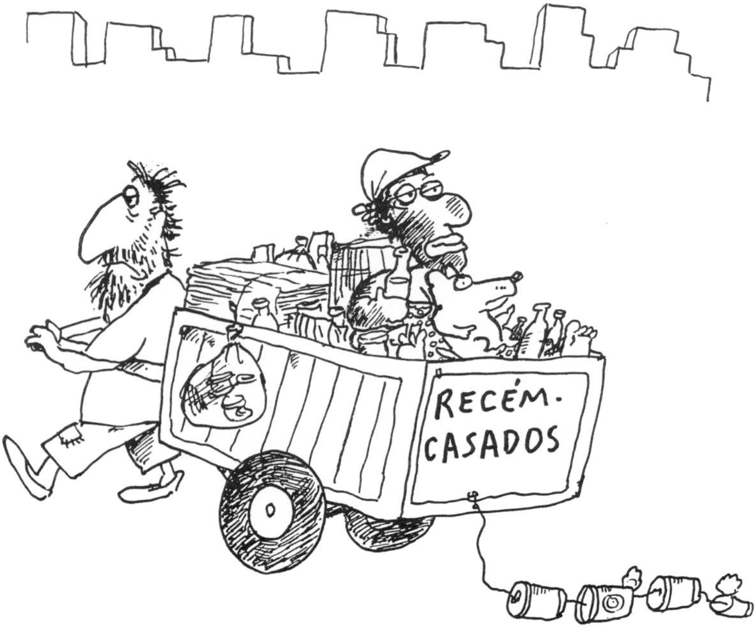
RECÉM-
CASADOS

CLEOPATRA

O CELULAR DO DEFUNTO

Velório do Lourival. Toca o celular que tinha sido do defunto. A viúva atende:
— Alô!
Do outro lado, uma voz masculina. Ou quase:
— Lourival, sou eu, amor... O seu Marcelão. Você me deixou esperando no nosso ninho de amor. Trouxe a *lingerie* vermelha que você gosta.
— Aqui é a viúva do Lourival. O Lourival morreu. Quem é o senhor?
— Ai, meu Deus! O Lolô morreu? Não acredito!
— Lolô?
— Peraí, amiga... Você é a Lucíola, aquela que Lourival chamava de "a falecida"?
— Sou. Mas quem faleceu foi ele. Você é amigo do Lourival?
— Mais que amigo! Sou namorado. Tivemos um caso durante sete anos.
— O senhor disse que é... NAMORADO do Lourival? Ele está morto! Isso não é hora de difamar meu marido.
— A senhora não sabia? O Lourival mudou muito. A senhora é que não percebeu. Desculpe, Lucíola, mas quando vai ser a cremação?
— Ele não vai ser cremado. Vai ser enterrado.
— Como enterrado? Pensei que ele ia ser cremado.
— Ele tinha horror à cremação. Não acredito que meu marido tenha mudado tanto. Lourival disse isso pro senhor?
— Dizer não disse, mas eu deduzi.
— Deduziu como?
— Bem, já que ele tinha queimado a rosquinha, seria natural queimar todo o resto.

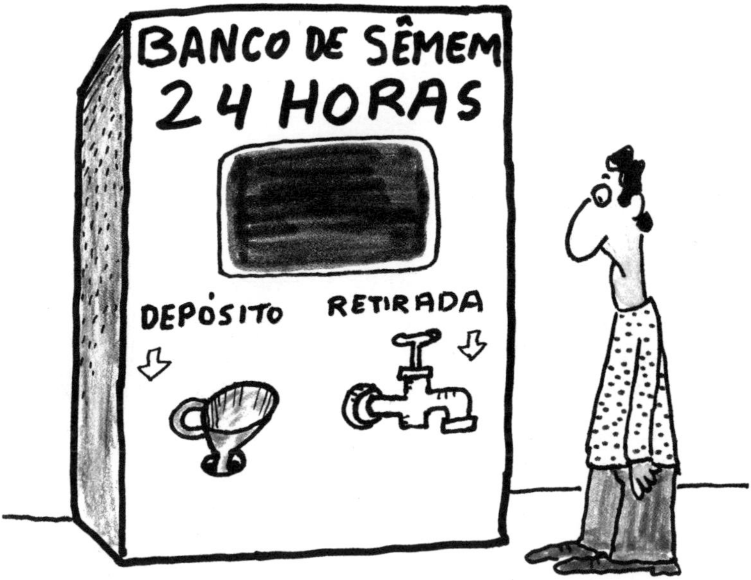
BANCO DE SÊMEM
24 HORAS
DEPÓSITO
RETIRADA

ABRA! E'A POLÍCIA!
301
ABRA! E' A POLÍCIA!
ABRA! E' A POLÍCIA!
ABRA! E'A POLÍCIA!

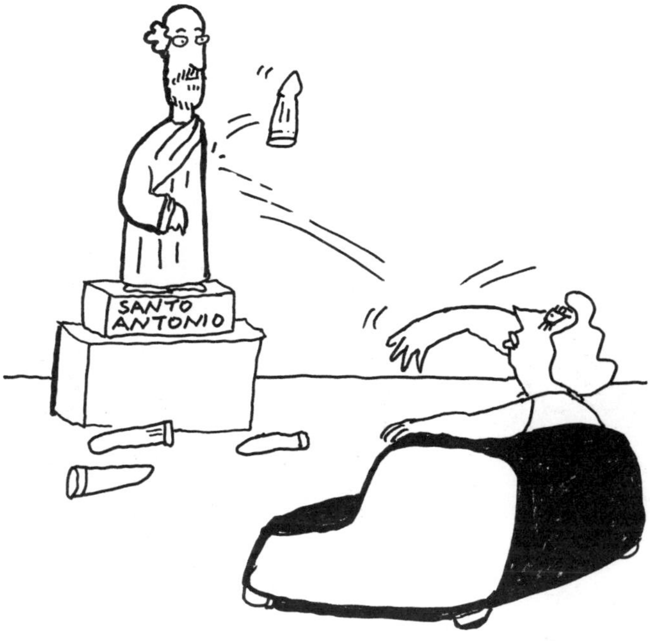
SANTO
ANTONIO

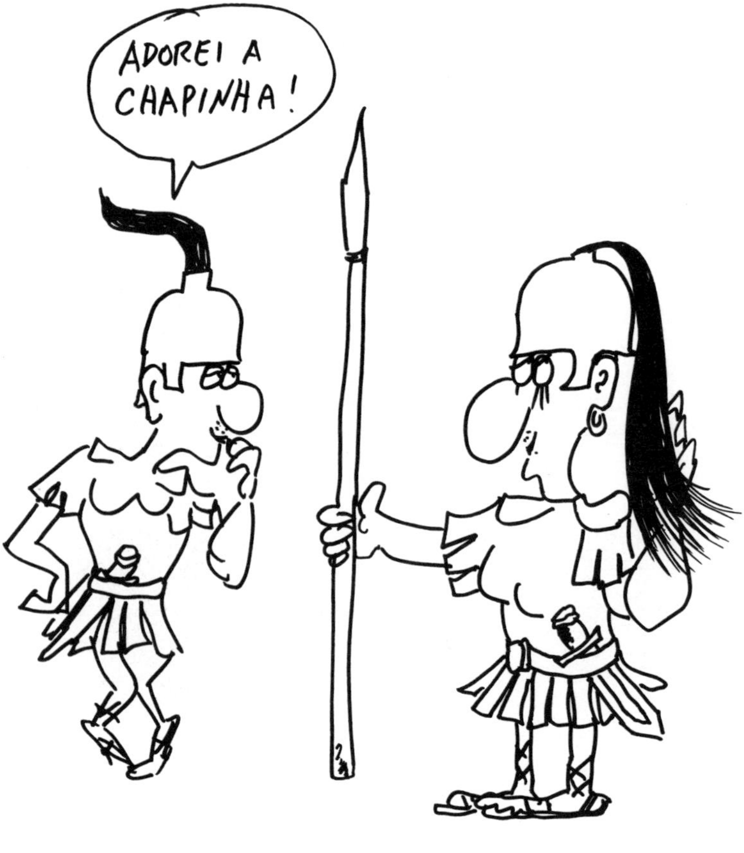
ADOREI A CHAPINHA!

Conheça outros lançamentos da Editora Desiderata

- Um Riso em Decúbito — Tom Rossé Cavaca
- A Mãe que Entrou em órbita ou Como Casar com um Rapaz Solteiro — João Bethencourt
- Existe Sexo Após a Morte? — Adão Iturrusgarai
- Gente Fina — Bruno Drummond
- Humor de Bar — Nani
- Gip! Gip! Nheco! Nheco! — Ivan Lessa
- O Pasquim - Antologia - Volume 1 • 1969-1971
- Millôr - A Verdadeira História do Paraíso
- Millôr - Que País é Este?
- Millôr - Trinta Anos de Mim Mesmo
- Millôr - Ministério de Perguntas Cretinas
- Dicionário dos Sexos — Gustal
- Assim Rasteja a Humanidade — Allan Sieber

www.editoradesiderata.com.br

HUMOR 100% SEXUAL

foi editado em fevereiro de 2007.
Miolo impresso em papel offset 90g e capa em papel
cartão triplex 250g, na Zit Gráfica.